KB197556

죽음 공부

똑바로 볼수록 더 환해지는 삶에 대하여

죽음 공부

박광우 지음

흐름출판

추천의 말

인생의 한끝에 죽음이 있지만, 우리는 늘 삶에만 집중한다. '버
킷 리스트'를 작성하고 지워나가는 순간에도 우리는 삶만 생
각한다. 나도 어떻게 하면 더 잘 살 수 있을지를 주로 고민하
고, 이야기하면서 살아왔다. 그러면서도 마음 한구석이 공허
했던 것은, 아마도 죽음을 모른 척했기 때문이었을지도 모른
다. 이 책『죽음 공부』는 그런 나를 일깨워주었다. 아무도 반기
지 않지만, 누구도 피할 수 없는 죽음을 생각하는 일이 얼마나
중요한지를.

　어떻게든 받아들여야 하는 것들이 있다. 버겁겠지만 최
선을 다해 맞닥뜨려야 하는 것이 있다. 해야 할 것도 많고 누

리고 싶은 것도 많은 인생이지만, 우리는 결국 한계 있는 인간이다. 이 책이 내게 알려준 것처럼, 오늘도 뚜벅뚜벅 걸으며 잘 살아온 삶에 대한 추억을 쌓아가고 싶다. 삶과 죽음의 곁에서 의사가 목격한 것, 어렵고 때로는 감춰두고 싶은 이야기들, 그 막막함을 글로 풀어내준 저자에게 참 고맙다.

— 윤홍균, 정신건강의학과 전문의, 『자존감 수업』 저자

차례

들어가는 말 | 웰다잉과 웰빙 사이 —11

1부 오직 죽은 이만이 죽음을 안다
내일 하루가 남았을지도 모릅니다 —19
불씨는 쉽게 꺼지지 않는다 —26
암에도 상담이 필요하다 —34
죽음을 준비하는 자세 —44
병이 있는 일상 —54
목소리를 듣기 위해 —61
우리는 모두 기억을 남긴다 —69
혼자 맞는 죽음 —74
통증의 얼굴들 —83
처음이자 마지막 진료 —89
곁을 지켜주는 일 —97
최고의 순간 —105

2부 살아 있는 날의 죽음 준비

더는 약을 먹을 수 없는 그녀에게 —113

살던 곳에서 나이 들고 죽기 —119

죽을 권리 —124

호스피스와 준비된 죽음 —134

숨 쉬고 살아 있다는 것만으로도 —143

사회적 죽음 —150

입원할 곳을 찾아서 —157

의사를 위한 변명 —169

나이 든다는 것 —177

병실의 걱정인형 —182

살아 있는 날의 장례식 —192

3부 죽음을 똑바로 바라볼수록 삶은 더 선명해진다

마지막 순간을 상상하다 —203

산 사람은 살아야지 —209

암 환자가 된 의사 —214

어디서 치료를 받아야 하나요 —217

죽음의 망각 —223

잘 사는 것이 잘 죽는 것이라고 —226

행복한 마무리의 조건 —231

절대로 깨지지 않는 그릇은 없는 것처럼 —236

내 생일날 어머니께 꽃을 선물하는 이유 —243

맺는 말 | 도보 여행 같은 삶 —248

웰다잉과 웰빙 사이

죽음에도 공부가 필요하다.

삶에는 응당 죽음이 따르지만, 흔히 그러듯 우리는 그 사실을 잊고 지낸다. 그러다 어느 날 지인에게, 가족에게, 그리고 나에게 죽음의 순간이 찾아오면 그제야 깨닫는다. '죽음이라는 게 이렇게나 가까웠던 거구나.'

20년 넘는 시간 동안 의사로서 사람들의 삶과 죽음을 관찰해왔다. 여명을 선고하고 환자들의 생의 마지막을 돌보았다. 죽음을 눈앞에 두고 대부분의 사람들은 허둥대며 시간을 보냈다. 누군가는 싸우고, 누군가는 한탄하고, 누군가는 두려워했다. 나는 환자나 보호자들이 이렇게 시간을 허비하는 것이 안타까웠다. 그리고 우리가 죽음을 더 많이 상상해야 한다고 생각했다. 순식간에 찾아오는 사고에 의한 죽음부터, 갑작스러운 뇌출혈에 의한 죽음, 암에 의한 죽음, 그리고 점점 기억을 잃어가는 치매 환자의 죽음까지, 죽음에는 다양한 사람과 상황과 모양이 있다. 그 다양한 죽음 중 어떤 것이 우리 자신의 죽음일지 그려볼 수 있다면 평범하게 살아 있는 오늘, 어떤 태도로 삶을 대할지를 결정할 수 있다고 생각했다.

그래서 진료를 마치고 책상에 앉아 환자와 보호자들 곁에서 목격한 여러 삶과 죽음의 장면들을 되새기며 이 글을 썼다. 그들이 느꼈을 감정과 죽음 앞에 떠오른 고민에 대해 모두가 함께 생각해보기를 바라는 마음으로 이 책을 썼다. 그리하여 이 책을 다 읽고 났을 때 주변의 익숙한 풍경이 낯설고 새롭게 다가오기를, 죽음을 알기에 삶을 더 충만하게 살 수 있기를 바랐다.

/

웰빙well-being이라는 말이 유행했던 적이 있다. 2000년부터 본격적으로 쓰이기 시작한 이 단어는 '잘 살아보자'로 요약되는 시대적 욕망의 목표이자, 화두였다. 하지만 이 말은

2008년 전 세계적인 금융 위기 이후 그 쓰임이 줄기 시작했다. 당장 먹고살기도 힘든데 웰빙을 이야기하는 것은 사치였다. 같은 해, 연명의료 중단 여부를 둘러싸고 가족과 병원이 법리 다툼을 했던 '세브란스병원 김 할머니 사건'이 있었고, 그러면서 웰다잉well-dying을 이야기하는 사회적 분위기가 생겨났다. 그리고 2016년, 회생 가능성이 없는 환자가 자신의 결정으로, 혹은 가족의 동의를 얻어 연명치료를 받지 않을 수 있도록 하는 연명의료결정법이 국회를 통과했다.

웰다잉은 '편안하고 행복하게 잘 살자'는 웰빙과는 다르게, '편안하고 행복하게 **잘 죽는** 것'으로 정의된다. 삶과 죽음의 밭은 경계선에서 환자들의 마지막 순간을 목격해온 의사로서, 나는 웰다잉이 웰빙 못지않게 중요하다고, 더 나아가 웰다잉과 웰빙이 다른 것이 아니라고 생각한다. 죽음을 잘 준비하는 웰다잉이야말로 한편생 잘 살아온 웰빙의 징검에서 만나는 **같은 가치**이다.

"개똥밭에 굴러도 이승이 좋다."고 흔히들 이야기한다. 우리 사회는 죽음에 대해 이야기하는 것을 어딘지 모르게 불편해한다. 하지만 죽음은 실재하며, 모두에게 똑같이 찾아오고, 멀리 있지 않다. 나는 이렇게 우리의 생각보다 가까이 있는 죽음에 대해 이야기하고 싶었다. 누군가는 사람을 살리는 의사로서 어떻게 죽음을 이야기할 수 있느냐고 반문할지도 모른다. 그러나 언제 올지 알 수 없는 죽음을 생각하고 준비하다 보면 죽음에 대한 막연한 공포와 무지를 벗어나, 어느 순간 현재의 삶에 집중하게 될 것이다. 삶의 기쁨을 더욱 밀도 높게 느낄 수 있고, 곁에 있는 이들에게 더욱 친절하고 배려하는 사람이 될 것이다. 나는 죽음을 직시함으로써 나 자신의 삶을 좀 더 선명히 인식하고 풍요롭게 살기를 바란다. 내게는 이것이 웰빙이자 웰다잉이다.

/

이 책은 어떤 죽음이 좋은 죽음인지 정답을 제시하는 책이 아니다. 웰다잉에 정답은 없다. 또한 웰다잉을 가로막는 사회 구조적인 문제를 되짚어보려는 목적 또한 없다. 단지 죽음 이야기를 터부시하는 사회에서 우리가 접하기 어려운 죽음의 실제적인 순간을 글로나마 전하여, 이 글을 읽는 독자들이 죽음을 상상하고 각자의 마지막 순간에 대해 '예행연습'을 할 수 있기를 바랐다. 거기에 더불어 의사로서 평소 환자들에게 이야기해주었던 의학 지식을 얼마간 넣어두었다. 나의 글을 통해 독자들이 죽음을 조금 더 구체적인 것으로 인식해서, 어느 날 다가올 마지막 순간에 더 좋은 결정을 내리는 데 도움이 된다면 좋겠다.

시간을 되돌리는 능력을 지닌 주인공의 이야기를 그린 영화 「어바웃 타임」에서, 주인공 팀 레이크는 진정한 사랑을 찾은 뒤 더 이상 시간 여행을 하지 않는다. 현재의 순간이 그 자체로 충만하고 행복하기에, 과거로 돌아가 무언가를 바꿀 필요가 없었기 때문이다. 매 순간이 기쁨이고 행복인 그에게 더 이상의 시간 여행이 필요 없어진 것처럼, 죽음 공부를 마친 여러분 또한 지금 이 순간을 온전히 살아가며 일상의 작은 행복까지 깊이 누리며, 하루하루 최선을 다해 즐기면서 살기를 바란다.

끝으로 이 책의 첫 불씨를 지펴준 친우 정종명 선생님께 감사드리며, 늘 곁에서 애정 어린 격려와 응원을 전해 이 책을 완성하게 해준 아내와, 따뜻한 마음으로 추천의 말을 보내준 윤홍균 신생님에도 진심 어린 감사의 마음을 전한다. 아울러 모나고 재미없던 글을, 둥글둥글하고 풍성한 꽃다발로 만들어 보다 많은 사람들에게 닿을 수 있게 해준 흐름출판에 마음 깊이 고마움을 전하고 싶다.

2024년 가을
박광우

1부
오직 죽은 이만이 죽음을 안다

죽음은 생과 완전히 다른 얼굴을 하고 찾아온다.
완전히 예측하지 못한 채 불현듯 마주하는 죽음 앞에
우리 몸은 서서히 망가지고, 마음은 무너져간다.
통증이라는 이름으로 죽음의 공포가 다가올 때,
진실을 알고 있지 않다면 이미 나의 생은 없다.
감정에 휩쓸리지 않기 위해서는 죽음의 '팩트'를 알아야 한다.

내일 하루가 남았을지도 모릅니다

죽음에 이르러 유언을 남기고 떠나는 경우는 생각보다 드물다. 환자가 침상에 누워 사랑하는 가족, 친구, 친지들에게 미안하고 고마웠다는 말을 남기고 눈을 감는 장면은 의사 생활 21년 동안 거의 보지 못했다. 드라마나 영화가 만들어낸 죽음에 대한 흔한 착각이다. 대부분은 중환자실에서 의식 없는 채로 인공호흡기에 생명을 의존하다가 보호자 앞에서 눈을 감는 것으로 생을 마무리한다. 그럼에도 흔치 않은 영화 속 장면이 펼쳐진 적이 있었는데, 58세의 췌장암 환자가 그랬다.

환자는 진단을 받고 휘플 수술(췌십이지장 절제술)●을 통해 십이지장, 담관, 위 하단부, 주변 림프절 등을 제거했고, 수술 후 항암 치료를 받았다. 하지만 6개월 뒤, 검사 결과 암이 재발했다. 악성 복수가 차기 시작했고, 암은 복강 내 신경을 침범하여 환자에게 극심한 통증을 일으켰다.

통증은 명치에서 시작해 등으로 뻗쳤고 배 전체가 꼬이고 장을 후벼 파내듯이 아팠다. 환자는 등을 제대로 펼 수 없을 정도로 심하게 아파했고, 바닥에 똑바로 누울 수 없었기 때문에 항상 새우등처럼 등을 구부려 모로 눕거나 약에 취해서 벽에 기대어 앉아서만 겨우 잠을 잘 수 있었다. 췌장은 소화효소를 분비하는 기관이다. 암이 생기면 지방을 분해하는 소화효소가 배출되지 못하고 역류하여 췌장을 망가뜨리면서 붓고, 주변 신경에 암이 침범해서 극심한 통증이 생긴다. 이러한 통증은 식사를 하며 더 심해지기 때문에 대부분 환자가 잘 먹지 못한다.

병원에서는 항암 치료를 권유했으나, 휘플 수술 후 발생한 소화불량으로 제대로 된 식사를 못하면서 체력이 급격히 약해진 환자는 모든 치료를 거부했다. 힘들게 오래 사느니 건강하게 짧게 살고자 한 그의 평소 삶의 철학이 반영된 결정이

● 휘플 수술: 췌장암이 머리 부분에 있을 때 췌장과 그 주변 장기를 제거하는 수술이다.

었다. 오랜 투병 기간 동안 췌장암에 대해 공부하고 자신의 상태를 정확하게 이해해서 그랬을 수도 있고, 혹은 그가 겪어온 통증이 삶을 지속하지 못할 정도로 견디기 어려웠을지도 모르겠다. 이후 환자는 극심한 복부 통증을 가라앉히기 위해 마약성 진통제만을 투약받았다. 그러던 중 결국 모르핀 과용으로 가족들이 보는 앞에서 숨을 거두었다.

/

모르핀은 강력한 진통제이지만, 과용할 경우 호흡 기능 상실, 혈압 저하와 의식 저하가 생긴다. 복강 내 신경에 암이 침범하면 통증이 생기는데, 이때 생기는 통증은 일반적인 진통제로는 조절이 되지 않는다. 그렇기 때문에 모르핀 같은 마약성 진통제가 필요하다. 암이 신경에 많이 침범할수록 통증이 심해지기 때문에, 이 경우 모르핀을 증량하게 된다. 증량된 모르핀으로 인해 환자는 가수면 상태로 지내게 된다.

이런 환자는 깨우면 대답도 곧잘 하고 대화가 되는 듯도 하지만, 곧이어 자는 듯 반응이 없기도 하다. 때로는 숨 쉬는 것을 잊어버렸다고 생각될 정도로 숨을 안 쉬다가 뒤이어 숨을 몰아쉬기도 한다. 일반적인 환자였다면 모르핀의 길항제인

날록손을 투여해 모르핀의 효과를 감쇄하거나, 모르핀 용량을 줄이거나, 혹은 기관삽관 후 필요하면 인공호흡기를 통해 안정적으로 숨을 쉴 수 있게 도와주었겠지만 이 환자는 그렇게 하지 않았다. 그리고 그의 마지막 치료까지 모르핀 용량은 유지되었다. 의사가 환자의 현재 상태에 대해 보호자들에게 충분한 시간을 들여 설명했고, 환자가 '이렇게 힘들게 사느니 빨리 끝내고 싶다.'라며 평소 자신의 의견을 꾸준히 밝힌 것에 따라 내려진 결정이었다.

나는 이런 치료가 환자가 혼미한 의식 속에서도 '내가 나로 죽을 수 있는 방법'이라고 생각했다. 이러한 죽음의 과정이 힘들지 않아야 했기에, 통증을 줄일 수 있는 모르핀 사용은 그에게 최선의 치료였다.

지속적인 모르핀 사용 때문에 환자의 혈압은 떨어지고 조금씩 숨을 잘 안 쉬기 시작했다. 나는 환자의 의식이 점차 희미해져갈 때 보호자들을 불러 모았다. 그렇게 10여 명이 넘는 가족 친지들이 환자를 중심으로 둘러앉아 그의 마지막 순간을 지켜보았다. 마치 드라마의 주인공처럼 그는 아들에게 마지막 유언을 남겼다.

"아들아, 네가 고생이 많았다. 네가 내 아들이어서 고맙고 자랑스러웠다. 내가 없으니, 어머니에게도 나에게 해준 것처럼 그렇게 훌륭한 아들로 있어주려무나.”

그런 다음 그는 찾아온 친지들의 이름을 하나하나 불러 준 뒤 자는 듯이 죽었다. 호흡이 멈추었으나, 아직 뛰고 있는 심장 때문에 가족 모두가 조용히 심전도 모니터만을 쳐다보았다. 얼마 지나지 않아 모니터의 그래프가 일자로 변하면서 심정지 상태를 나타냈고, 의사는 뒤이어 모두에게 환자가 사망했음을 선고했다.

대부분의 보호자가 사망 선고 이후에 보이는 행동은 비슷하다. 살아 있는 동안 잘하지 못했던 것에 대한 후회와 아쉬움, 미안함을 울부짖으며 격정적으로 토로한다. 그리고 사랑했노라고 덧붙인다. (물론 보호자와 환자의 유대가 각별했던 경우에 그렇다.) 하지만 이들은 달랐다. 가족의 얼굴 위로 흐르는 눈물을 보며, 나는 그들이 슬퍼하고 있음을 짐작할 수 있었다. 사망 선고 후에도 모든 보호자들이 차분하고 정돈된 침묵 가운데 환자의 죽음을 자신의 기억 속에 아로새기는 것이 느껴졌다.

예정된 죽음이었다. 이 죽음은 더 이상의 항암 치료를 거부하고 마약성 진통제만으로 치료를 유지하고자 했던 환자의 결정, 그러한 환자를 옆에서 돌보아주고 지지해준 보호자들, 그리고 치료 과정에서 적극적인 통증 조절을 시행했지만 무의미한 치료를 독려하지 않고 환자의 의견을 존중한 의료진이 만들어낸 웰다잉이었다. 잘 죽기, 존엄 있게 죽기라는 웰다잉에 대한 잘 알려진 의미에 더해, 나는 이런 해석을 덧붙이고 싶다. **'안녕히 계세요.' 같은 작별 인사를 할 수 있는 죽음**이다.

/

작별 인사를 할 수 있는 죽음. 모두가 꿈꾸지만 쉽게 할 수 없는 일이다. 내게도 사랑하는 이들에게 '안녕히 계세요, 고마웠어요.'라고 인사하고 죽을 수 있는 시간이 주어진다면 어떨까 상상해본다. 그리고 **모두의 죽음 준비는 이 상상에서 시작된다.** 인사를 하고 떠나기 위해서, 지금 우리가 할 수 있는 삶의 준비들은 무엇이 있을까?

웰다잉을 꿈꾸는 내가, 웰다잉을 원하는 환자와 보호자에게 입버릇처럼 항상 하는 말이 있다.

"제가 해드리는 치료는 작별 인사를 할 수 있도록 시간을 벌어드리는 것에 불과합니다. 그러니 이 시간을 낭비하지 않으셨으면 합니다. 마지막 날이 왔을 때 못 했던 것을 두고 후회하지 않으시기를 바랍니다. 그날이 언제인지는 알 수 없지만, 저는 환자분이 하루하루 편히 지내실 수 있도록 최선을 다해 도울 것이고, 환자분은 그런 시간 속에서 삶에 후회가 남지 않도록 최선을 다해주셨으면 합니다. 우리에게 남은 날이 내일일 수도, 바로 몇 분 뒤일 수도 있습니다. 죽음 이후에는 아무것도 남지 않습니다. **단지 나를 기억하는 사람만이 남을 뿐입니다.** 그 사람에게 어떻게 기억될지 생각해보셨으면 합니다. 남은 그들을 위해 어떤 말을 해줄 수 있을지, 어떠한 작별 인사를 할 수 있을지 고민해보셨으면 합니다."

불씨는 쉽게 꺼지지 않는다

▶

자신이 말기 암 환자라는 것을 알게 되는 순간 모든 치료를 포기하는 사람이 있다. 특히 연명을 위한 항암 치료는 하지 않으려는 경우가 많다. 생명 연장에 연연하느니 그냥 남은 인생을 잘 살고, 삶의 마지막에 하고 싶은 일, '버킷 리스트'를 지워가면서 사는 것이 더 낫다고 생각한다. 하지만 그들이 간과하는 것이 있다. 암이 **조절**되지 않으면 남은 인생을 잘 살 수 없으며, 버킷 리스트를 시도해볼 수조차 없다는 것이다.

암이 전신으로 퍼지는 순간 완치는 불가능하다. 단지 암이 자라지 않고, 커지지 않게 조절하며 암과 함께 살아갈 수 있도록 하는 것이 현대 의학의 일차적인 치료 목표이다. 특히 전이암 환자가 되면 완치 가능성은 없다는 것을 받아들여야 한다. 하지만 내가 만나본 전이암 환자들은 이러한 사실을 애써 외면한 채, 일말의 희망이라도 내게서, 혹은 다른 의사에게서나 치료법을 통해서 찾고자 했다. 또한 그들은 자신의 죽음이 가까울 수 있음을 끝내 부정하고, 죽음이 천천히 평화롭게 다가올 것이라 막연히 생각했다. 그러나 전이암으로 전신에 암이 퍼진 말기 암 상태가 되면 대부분 환자가 극심한 통증을 호소한다. 전신에 퍼진 신경망에 암세포가 침식되면 이제껏 겪어보지 못한 통증이 몰려온다.

따라서 암의 성장을 조절해 통증을 줄이기 위한 치료가 필요하다. 이때의 치료는 완치가 아닌 완화를 목적으로 하는 치료로, 생명을 연장하고 삶의 질을 유지하기 위한 치료이다. 다시 말해 암으로 인한 증상 없이 일상생활이 가능한 정도의 삶의 질을 유지할 수 있도록 도와주는 보조적, 선택적, 제한적 치료이다.

똑같은 전이암 환자라고 해도 치료의 결과는 모두 다르다. 항암 치료를 받던 중 재발을 반복하면서 전이암이 되는 환자와, 아예 처음부터 전이암으로 진단되어 항암 치료를 시작하는 환자의 치료 반응은 다르다. 당연히 항암 치료를 처음 받는 환자의 치료 반응이 더 좋다. 따라서 똑같은 전이암 환자라고 해도, 의사는 처음 진단받은 전이암 환자의 경우 치료를 적극적으로 권유하는 경우가 많다. 여기서 환자가 하는 가장 큰 오판 중에 하나는 병원에서 전이암이라고 진단을 받으면 환자 스스로 여명을 규정하고 일찍 치료를 포기해버리는 것이다. 어차피 오래 살지 못할 것이라는 생각에서다. 하지만 앞서 말한 것처럼 전이암이라고 해도 생명의 불씨는 금방 꺼지지 않는다.

/

72세 여자 환자가 한 달 전부터 목이 아프다가 최근 들어 통증이 심해지면서 양쪽 팔마저 저려와 동네 병원을 찾아갔다. 목 디스크라고 생각했던 의사는 자기 공명 영상MRI 촬영을 권유했고, 병원을 옮겨 검사한 결과 전이성 척추암이 발견되었다. 경추 2번 뼈가 암으로 인해 녹아내리면서 뒤쪽의 신경을 누르고 있었던 것이다. 추가 검사를 통해 비소세포성 폐암이 있음을 확인했다. 나이에 비해 환자의 건강 상태는 나쁘지 않았기 때문에, 나는 신경 손상을 막기 위해 응급 수술을 권유했다.

"나이가 많은데…… 이제 살 만큼 살았는데 굳이 수술까지 받아야 하나요? 그냥 약 먹고 편히 죽을 수 있는 방법은 없을까요?"

그녀의 주저함과는 별개로, 이미 심해진 목 통증과 양쪽 팔 저림은 환자를 놓아두지 않았다. 수시로 찾아오는 극심한 통증에 목을 똑바로 가눌 수 없었으며, 식사도 제대로 할 수 없었고, 편히 누워 잠을 잘 수도 없었다. 그녀는 결국 수술을 받게 되었다.

과거에는 경추 2번의 척추 전이암을 적극적으로 치료하지 않았다. 척추 수술은 보통 양방향으로 하는데 경추의 경우 척수가 손상될 우려 때문에 보통은 앞으로 수술을 한다. 하지만 경추 2번은 머리뼈와 바로 맞닿아 있기 때문에 입안으로 수술한다. 이 경우 수술 시야도 좁아지고 전이암의 특성상 출혈이 많아서 수술을 하지 않는다. 뒤로 수술을 하게 되면 앞에 있는 전이암에는 손을 대지 못하기 때문에 대개는 수술의 이득이 크지 않다고 판단되어 수술을 하지 않아왔다. 하지만 최근에는 기술이 발전되며 손도 댈 수 없었던 경추 2번의 전이암에 대해 방사선 수술을 할 수 있게 되었다.

이 환자의 경우에도 당장 급한 신경 압박을 해결하기 위해 뒤로 수술을 진행했다. 압박된 경추 2번 신경관을 넓히기 위해 척수를 보호하는 평평한 구조물인 뒤쪽의 후궁을 절제

하고 인공 나사못을 넣어 척추체를 고정해주었다. 수술 후 환자는 목을 돌리거나 굽히지는 못했지만, 수술 전 느끼던 목의 통증과 팔 저림은 좋아졌다. 수술한 지 얼마 되지 않아 폐에서 관찰된 암에 대해 조직검사를 시행했고, 결과를 기다리는 사이에 경추 2번 뼈에 방사선 수술을 했다. 방사선 수술은 기존의 방사선 치료와는 달리 고선량의 방사선을 경추 2번 뼈의 암에만 집중적으로 조사하여 치료하는 방법이다. 방사선 치료와 마찬가지로 치료할 때 통증이 있거나 불편하지는 않지만, 정확한 치료를 위해 40~50분간 고정 장치를 유지해야 한다는 특징이 있다. 이 환자는 후유증 없이 치료를 마칠 수 있었으며, 이후 표적치료제를 처방받았다. 환자는 비소세포성 폐암으로 진단 당시부터 이미 전이성 척추암이 확인된 말기 암 상태였지만, 진단 후 3년간 신경학적 장애 없이 아주 건강하게 지내고 있다. 과거 비슷한 사례에서 일찍이 치료를 포기하고 고통 속에 죽음을 맞이했던 것과 달리, 이 환자는 3년이라는 시간 동안 건강한 상태로 자신의 버킷 리스트를 지워나갈 수 있었다.

이 환자의 치료는 환자의 건강 상태와 질병의 범위, 보호자의 생각과 환자의 의지를 고려하여 결정되었다. 의사인 나의 관점에서 말기 암 환자의 치료를 결정하는 기준이 있다면 치료 과정이 구차하지 않고, 더불어 환자의 수고가 크지 않아야 한다는 것이다. 다시 말해 조금 좋아지기 위해 많이 힘든 치료는 하지 않는 것이 좋다는 생각이다. 치료를 선택하고 중단하는 것은 환자의 건강 상태와 병의 진행 정도에 따라 결정된다. 항암 치료를 하게 되면 치료의 부작용으로 인해 일정 기간 동안 건강 상태가 '약간' 나빠지지만, 암이 억제되어 생존 기간이 '많이' 늘어난다. 반대로 치료로 인해 건강 상태가 '많이' 나빠지면서 생존 기간이 '약간' 늘어난다면, 더 이상의 치료를 중단하기도 한다.

어떠한 암 치료로도 몸 상태를 완전히 정상적으로 유지시킬 수 없기 때문에, 치료를 선택할 때는 치료를 통해 삶의 질을 얼마나 잘 유지할 수 있느냐가 중요한 고려 요소가 된다. 이처럼 삶의 질을 반영한 기대수명을 **QALY**Quality-adjusted life year, 즉 **'질 보정 생존 연수'**로 나타낸다. 예를 들어, 건강 상태가 0.5면서 2년을 더 산다고 하면, 이 환자는 1 QALY를 얻게 되며, 다른 항암 치료를 통해 0.75의 건강 상태로 4년을 산다고 하면 3 QALY를 가진다고 보는 것이다. 환자의 입장에서는 치료를 하여 높은 QALY를 얻는 것이 좋다. 하지만 여기서 고려해야 할 것은 치료비이다. 높은 QALY를 위해서는 돈이 많이 든다.

암세포만을 선택적으로 죽인다는 표적치료제나, 체내의 면역세포를 활성화해서 암세포만을 잡아먹는다는 면역치료제 모두 기존의 세포독성 항암제와 달리 부작용도 적고 경우에 따라서는 매우 효과적이다. 하지만 이들 신약은 매우 비싸다. 이 신약들은 암의 종류에 따라 환자에게 높은 QALY를 제공하기도 하지만, 비용이 많이 들기 때문에 국가에서는 높은 QALY를 보장해주는 약을 무작정 인정하지 않는다. 게다가 우리나라는 전 국민 의료보험이라는 제도를 운영하며 의료비 상승을 억제하고 있기 때문에 약값이 매우 싸다. 이는 많은 다국적 제약회사의 신약들이 국내에 도입되기 어려운 이유이기도 하다.

그렇다면 1년에 1억 5000만 원이라는 면역치료제 펨브로리주맙이나, 한 번 주사에 1억 원이 약간 안 되는 프로벤지라는 전립선암 면역치료제 같은 고가의 항암제 사용은 과연 남은 생의 질을 보장하는 최선의 치료일까. 사람의 목숨은 그 무엇과도 바꿀 수 없는 숭고한 가치인데, 이러한 고가의 항암제를 마주할 때면 어떠한 것이 좋은 치료인지 고민하게 된다. 의사로서 '가격 대비 생명', 말하자면 가·생·비 있는 치료를 할 것을 강요받을 때면, 사회적으로도 이 문제를 같이 고민할 필요가 있다고 느낀다. 높은 QALY를 제공해주는 약을 사용하는 것이 무조건 답은 아닐 터다. 암의 진행 상태와 현재의 건강 상태뿐만 아니라, 삶의 가치관, 재정 상태, 보호자들의 지지에 대한 고민이 함께 따라야 한다. 암은 환자만의 문제가 아니라 가족의 문제, 더 나아가 사회적 문제이기도 하니 말이다.

암 환자의 죽음은 당신이 생각했던 것처럼 평화롭지도, 아름답지도 않다. 그리고 그 끝이 어떻게 올지는 신만이 알 뿐이다. 현실을 살아가는 환자는 그저 별일 없는(통증 없는) 똑같은 하루가 오길 기대할 뿐이다. 그렇다고 말기 암 환자라고 해서 자신의 여명을 속단히고 치료를 포기할 일도 아니다. 비싼 항암제가 되었든, 힘든 수술이 되었든, 필요한 치료를 적합하고 적절하게 받는 경우에 또 다른 삶의 가능성이 열리기도 하기 때문이다. 이 72세의 말기 암 환자가 자신만의 마무리를 준비할 수 있게 된 것처럼 말이다.

암에도 상담이 필요하다

◖

알코올성 간경화에 의한 60세 간암 환자가 방사선 치료를 받기 위해 병원을 찾았다. 간암을 진단받고 5년 동안 환자는 수차례의 동맥화학색전술과 고주파열응고술을 받았지만 암이 커지는 것을 막을 수는 없었다. 비유를 하자면, 간경화가 동반된 간암 환자의 간은 암세포라는 씨앗이 간 전체에 뿌려진 것과 똑같다. 상태가 계속 나빠지자 환자는 당시 유행했던 표적치료제를 사용했다. 비보험이었기에 비용이 상당했지만 그는 아랑곳하지 않고 기꺼이 약을 사용했다. 하지만 효과는 없었다. 간암은 척추와 골반으로 전이되어 극심한 통증을 불러왔다. 이 시기에 일반적으로 환자는 통증 조절을 위해 방사선 치료를 받게 된다.

그를 만난 것은 이때였다. 암성 통증 때문에 바로 눕지도 못하던 그가 아내에게 막무가내로 소리를 질러대던 것이 내가 본 첫 장면이었다. 그는 알코올 중독 환자였고, 지독히도 자기 중심적이었으며, 가정 폭력을 일삼는 폭군이었다. 보호자로 따라온 부인의 얼굴에는 짙은 무기력함이 엿보였고 몸도 마음도 피폐해져 보였다.

"허리뼈에 암이 전이되었기 때문에 통증이 심한 것입니다. 방사선 치료를 통해……"

"그것만 하면 살 수 있는 거지?"

"방사선 치료는 통증을 가라앉히는 것이 목표이며, 이 치료를 통해……"

"아니 그러니까, 방사선 치료만 받으면 살 수 있는 거냐고?"

의사가 방사선 치료에 대해 설명을 하는 가운데도 그는 연신 소리를 질러대며 치료만 하면 살 수 있는지를 물었다. 삶에 대한 집착은 커 보였지만, 그와 반비례해 그의 몸은 이미 암세포에 심하게 잠식된 상태였다. 방사선 치료를 받기 위해서는 방사선을 쐬는 순간 한 자세로 가만히 있는 것이 중요하지만, 그는 참을성이 없었다. 2주 동안 10회의 치료 중, 쉽게 치료를 받고 간 날이 단 하루도 없었다. 의료진에게 욕을 쏟아 내는 것은 다반사였고, 협조를 하지 않아 치료가 도중에 중단 되기 일쑤였다.

힘들게 방사선 치료가 끝난 뒤, 들리는 소문에 의하면 환 자는 비싼 항암제 사용을 주저하지 않았다고 한다. 한 집안의 가장이었으나 일평생 돈을 제대로 벌어 오지 않았으며, 알코 올 중독으로 인한 간경화를 얻고 간경화가 이후 간암으로 진 행되는 동안에도 그는 온 집안의 돈을 써대며 치료에 집착했 다. 그는 침대 생활만을 하던 중 결국 폐색전증에 의한 갑작스 런 호흡부전으로 사망했다.

/

환자의 죽음 이후, 가족들은 불어난 병원비를 감당하지 못해 결국 병원 사회사업실의 지원을 통해 겨우 그의 굴레에 서 벗어날 수 있었다. 죽음까지 이르는 동안 환자가 선택한 죽 음의 방식은 잘못되지 않았다. 환자의 **자기 치료 결정권**은 존 중되어야 하고, 그는 할 수 있는 모든 치료를 받고 떠나는 결 말을 원했을지도 모른다.

그러나 삶과 죽음은 나만의 것이 아니다. 세상에 태어나는 순간 우리는 누군가의 자식이며, 누군가의 부모이며, 누군가의 친구이기 때문이다. 한 사람의 죽음은 다른 이의 삶과 연결되어 있다. 이 환자는 내가 행복한 죽음을 맞이하기 위해 최선을 다했을지는 몰라도, 부인에게는 기억하고 싶지 않은 남편, 자식들에게는 나쁜 아빠로 각인되었을 것이다. 남은 가족은 더 이상 책임을 돌릴 수 없는 망자로 인해 심리적 후유증과 경제적 부담만을 지게 되었다.

죽음을 떠남과 보냄의 의미만이 아닌 남은 이들의 삶의 자리에서 바라보다 보면, 또 다른 기준이 필요해진다. 나는 이런 상황을 목격할 때마다 **암 상담사**가 있었으면 좋겠다는 생각을 한다. 의료비가 비싼 미국에서는 불필요한 의료비 지출을 억세하고 비용 대비 효과가 적은 치료를 지양하기 위해 암 상담 제도를 운영하고 있다. 특히 환자와 보호자가 현재 처한 상황을 정확히 인식하고 좀 더 합리적인 지료 방향을 정할 수 있도록 돕기 위해 다음과 비슷한 표를 놓고 설명을 한다.

질병 요소	
암의 종류	진행이 빠른 암인지? 느린 암인지?
암의 진행 정도	얼마나 암이 퍼졌는지?
동반 질환 유무	당뇨, 고혈압, 만성 폐 질환, 천식, 부정맥 등

환자 요소	
나이	
키 / 몸무게	
BMI	
주소(연고지)	
일상생활 능력	KPS, ECOG Performance Status [*]
교육 정도	
종교	
연명치료 정도	심폐소생술
	기관삽관
	기관절개술
	인공호흡기
	강심제 사용
	경관 영양 공급
직업	
재산	현금화 가능한 총 자산
	월 가용액

[*] 카노프스키활동도(Karnofsky Performance Status, KPS), ECOG PS(Eastern Cooperative Oncology Group Performance Status) 두 가지 모두 암 환자가 일상에서 어떻게 활동하는지 그 수행 능력을 점수화한 것인데, 암 환자의 치료와 예후를 결정할 때 중요한 평가 항목이다. 예를 들어 KPS 100이면 정상이고(증상 없음), 점수가 낮을수록 전신 상태가 좋지 않음을 뜻한다. 반대로 ECOG는 0~5단계까지로, 점수가 높을수록 상태가 좋지 않음을 뜻한다.

보호자 요소	
주 보호자 여부	보호자가 몇 명인지?
주소(연고지)	
종교	
교육 정도	
환자와 감정적 교류 정도	
직업	
재산	월 가용액

치료적 요소		
치료의 목적	완치	처음 치료인지? 재발된 암 치료인지?
	완화	진행되지 않도록 유지
	통증 조절만을 위한 보존적 치료	암성 통증인지? 신경통인지? 근육통인지?
선택할 수 있는 치료	항암 치료 방사선 치료 수술적 치료 완화적 치료	각 치료의 생존율 및 치료에 의한 부작용 비율과 그에 따른 각각의 치료에 대한 대략적인 비용 비교

암 치료 상담은 이렇게 시작된다. 현재 질병의 상태, 환자의 상태를 살피고 보호자의 수, 재정 상태, 환자와의 관계 등을 체크한다. 마지막으로 병원에서 제공할 수 있는 여러 가지 치료 방법으로 넘어가서 각 치료의 장단점과, 비용과 비용 대비 효과를 설명한다. 비용 대비 효과라는 것은 결국 치료로 암이 얼마나 억제될 수 있는지 그 확률과 생존율, 기대 여명의 증가를 말하는 것이다. 이 단계에서는 치료에 따른 부작용도 함께 고려하게 된다.

다른 장기로 전이된 폐암 4기 환자의 경우라면 어떨까? 기존의 항암제만으로 치료하면 5년 생존율이 10% 미만에 불과하지만(물론 치료 안 하면 훨씬 짧다), 1년에 1억이라는 비용이 드는 면역치료제를 병용할 경우 생존 확률은 증가한다. 기존의 세포독성 항암제 단독 치료와 면역치료제 병용 치료를 비교하면 1년 생존율이 50% 대 65%, 2년 생존율이 31% 대 36%, 3년 생존율이 18% 대 30%다. 면역치료제는 기존의 세포독성 항암제와 비교하여 탈모, 구토나 구내염 같은 증상이 현저히 적다(물론 면역 관련 부작용도 없지 않다). 하지만 이것은 어디까지나 확률에 따른 내용이고, 1년에 1억이나 하는 면역치료제를 병용했지만 환자가 65%의 생존율 편에 설지는 알 수 없다. 또한 환자가 치료 중 발생하는 부작용을 견딜 수 있는지는 또 다른 문제다. 최선의 치료를 선택한다는 것은 어찌 보면 신의 영역일지도 모른다.

치료는 여러 가능성과 불확실성의 영역이고, 생존 문제에 직면한 환자가 치료 현실을 투명하고 객관적으로만 바라보기는 쉽지 않다. 암 치료 상담은 환자와 보호자가 처한 상황에 맞춰 최선의 선택을 할 수 있도록 도움을 주는 절차다. 폐암 4기 전이암 환자는 상담에서 이런 설명을 듣게 될 것이다.

"전이가 확인된 4기 폐암입니다. 하지만 유전자 검사상 예후가 좋은 비소세포성 폐암으로, 기존의 부작용이 심한 세포독성 항암치료제로 치료할 경우 1년 동안 생존율이 30% 내외이지만, 표적치료제를 사용할 경우 50% 정도가 3년 이상 생존할 수 있습니다. 이 경우 매일 알약을 먹게 되고, 한 달 치료 비용은 150~200만 원 정도인데, 국내에서는 암 환자의 경우 5%만 부담하기 때문에 한 달에 7·10만 원 정도의 지료비가 듭니다. 설사나 입이 허는 부작용이 있을 수도 있지만, 대부분은 경미합니다. 정리하자면 환자의 재정 상태를 고려할 때 치료비 부담은 그렇게 크지 않은 것으로 보이며, 현재 환자의 건강 상태를 살펴봐도 치료의 부작용이 상대적으로 경미할 것으로 예상됩니다."

그리고 상담사는 덧붙일 것이다.

"이 모든 것을 종합적으로 고려하여 보호자와 충분히 상의하고 치료를 결정하시기 바랍니다."

/

누군가는 사람의 생명을 어떻게 돈으로 따질 수 있나, 돈은 다시 벌 수 있지만 삶은 한 번뿐이지 않냐고 반문할 수도 있다. 사람의 생명을 다루는 의사가 환자를 상대로 돈을 들먹이며, 이른바 '가·생·비'를 이야기하는 것이 부끄럽지 않냐고 질타할 수 있다. 하지만 나는 내가 돌보아오던 암 환자의 삶만큼 남겨진 사람들의 삶도 살피려 한다. 의사는 환자를 치료할 뿐 아니라, 환자의 가족과, 가까운 이들이 건강한 삶을 이어갈 수 있도록 '자원'에 대한 정확한 정보를 제공해야 한다고 나는 믿는다. 이러한 이해를 통해 환자나 보호자 모두 치료의 목적과 효과를 알고, 치료의 결정권을 쥐며, 최선의 판단을 내릴 수 있다. 의사가 최고의 치료로 최고의 결과를 내는 것은 중요하다. 그렇지만 최고의 치료가 늘 올바른 지표는 아니다.

의사는 신이 아니다. 그들이 하는 말이 늘 정답은 아닐 수 있다. 단지 비슷한 병을 앓았던 사람들을 많이 만나고 치료했기에 환자가 앞으로 어떻게 될지 그 당사자보다 조금 더 많이 알 뿐이다. 환자마다 처한 상황이 다 다르기 때문에, 병이 비슷하다는 이유로 모두 똑같이 치료해야 한다고 생각하지 않는다. 물론 이전의 선배 의사들이 여러 연구를 통해 입증한 치료 가이드라인이 있지만, 환자에게는 치료 확률이 (죽든, 살든) 100%로 작용하는 것이기 때문에 나는 '반드시 이것을 해야 한다'라고 말하지 않는다. 어떤 치료를 해야 하는지 묻는 환자들에게 나는 의학적으로 최대한 가장 정확한 확률적 정보를 전달하려 노력할 뿐이다. 그 누구도 당사자의 고통을 온전하게 알 수 없기에, 환자들이 나의 의학적 지식을 발판 삼아 최선의 선택을 할 수 있도록 최대한 돕는 것이 의사로서의 내 진심이다. 그래서 나는 환자들에게 이렇게 말한다.

"저는 병을 앓는 환자분을 바라볼 뿐, 병을 앓는 사람은 오로지 환자분 자신입니다. 병을 극복하기 위한 방향키를 자신이 쥐고 있어야 합니다. 저는 단지 조력자로서 환자분께서 처해 있는 다양한 상황과 환경에 맞추어 최선의 치료를 선택할 수 있도록 도울 뿐입니다. 그렇기 때문에 환자분도 공부가 필요합니다. 이렇게 해야 마지막 날에 후회와 미련을 남기지 않을 수 있다고 믿습니다. 후회 없는 마무리를 하시기를 진심으로 바랍니다."

죽음을 준비하는 자세

▶

36세의 유방암 환자가 있었다. 중학교 교사인 그녀는 2년 전 유방암을 진단받았지만 치료를 받지 않았다. 초기 유방암이었을 때 치료를 잘 받았다면 완치율이 98% 정도로 예후가 좋았을 테지만 그녀는 치료를 거부했다. 독실한 기독교 신자였던 그녀는 자신이 암에 걸린 것이 하나님의 뜻이며 이러한 고난은 주님이 주신 것이니, 최선을 다해 살다가 주님이 부르시면 기꺼이 그에 따르겠다고 했다. 그러면서 사신의 사명은 주님의 일꾼으로서 학생들을 잘 가르치는 것인데, 치료를 받으면 학교를 쉬어야 하기 때문에 더더욱 치료받을 수 없다고 했다.

하지만 세상일이 그렇듯 삶은 그녀의 생각과는 달랐다.

암에 걸렸다고 해서 영화에서처럼 어느 날 갑자기 자는 듯이 편안하게 죽을 수는 없었던 것이다. 우리가 영화나 드라마 속 가짜 경험으로 죽음을 상상해서는 안 될 이유다.

진단받은 지 2년이 지나면서 그녀의 유방은 점차 썩어 들어가기 시작했다. 궤양이 생기고 진물이 흘러나왔다. 처음에는 통증이 없었지만, 결국 조금씩 심해지는 등 통증은 밤낮으로 그녀를 괴롭혔다. 도저히 참을 수 없었던 그녀는 병원을 다시 찾았다. 그리고 그때 그녀는 암세포가 온몸의 뼈로 전이된 말기 유방암 환자가 되었다.

/

환자는 모든 척추뼈에 광범위한 전이가 있었고 특히 흉추 5번과 6번의 암으로 인해 하반신 마비가 우려될 정도로 신경이 심하게 눌려 있었다. 일단 통증 조절을 위한 방사선 치료를 시작했다. 치료실에서 본 그녀의 얼굴은 암 때문에 피폐해져 있었고, 통증 때문에 등과 허리를 제대로 펴지 못해 침대에 기대어 겨우 몸을 움직일 뿐이었다.

척추뼈 전체에 다발성 전이가 있었지만 우선 전이암의 크기가 큰 흉추 5번, 6번을 중심으로 총 10회에 걸친 방사선 치료를 했다. 방사선 치료는 먼저 모의 치료 계획이라는 것을 한다. 몸속 종양에 방사선을 정확히 쏘기 위해 피부에 잉크로 표시를 하고 컴퓨터 단층 촬영CT을 한다. 치료 시작 전부터 치료가 끝날 때까지 몸에 표시된 그림이 지워져서는 안 된다. 그 표시를 기준으로 방사선 치료를 하기 때문이다. 방사선종양학과 의사는 컴퓨터 단층 촬영을 바탕으로 해 방사선이 들어갈 자리와 각도, 면적 등을 조합해서 최적의 방사선 치료 계획(정상 조직에는 방사선이 적게 받게 하고, 암에는 방사선이 많이 쏘일 수 있도록)을 세운다. 이렇게 방사선 치료 계획이 완성되면 환자는 치료실에 있는 침대에 누워 약 3~5분간 방사선을 쏘이게 된다. 방사선 치료 과정은 아프거나 힘들지 않다. 단지 방사선 치료 부위에 따라 다양한 부작용이 생길 수 있다.

환자가 호소한 방사선 치료 부작용은 목 넘김이 약간 불편하다는 정도였다. 주말을 제외한 평일 5일에 걸쳐 2주간의 10회 치료가 종료되면서 등의 통증은 줄었다. 그러나 치료 이후 다시 실시한 조직 검사에서 삼중 음성 유방암●이 확인되었다. 삼중 음성 유방암의 경우 표직치료 항암제나 호르몬 치료

● 삼중 음성 유방암: 에스트로겐 수용체, 프로게스테론 수용체, 표피성장인자 수용체가 없는 유방암으로, 암의 진행 속도가 빠르고 전이와 재발 위험이 높다.

가 제한적이기 때문에 예후가 좋지 않을뿐더러, 사용할 수 있는 효과적인 항암 치료가 제한적이다. 이후 그녀는 세포독성 항암제를 1회 시행하던 중 오심과 구토, 그리고 식욕 부진으로 체력이 급격하게 떨어져 더 이상 치료를 받을 수 없게 되었다. 추가적인 치료가 그녀의 남은 생명마저 갉아먹을 수 있었기에 마약성 진통제만으로 통증을 조절했고, 그녀는 결국 다시 뼈에 암이 전이되며 극심한 통증 속에서 6개월 뒤 사망했다. 사인은 폐렴이었다.

흔히 잘못 알고 있는 사실이 있는데, 암 환자가 암 때문에 죽는 경우는 흔하지 않다. 면역력 저하로 인한 폐렴 이후 패혈증이 다발성 장기부전이나 호흡 곤란 등으로 이어져 사망하는 경우가 더 많다. 이 환자도 극심한 통증으로 숨을 쉬기 힘든 가운데 가래를 제대로 뱉어내지 못하면서 폐렴이 왔고, 안 그래도 체력이 고갈돼 그녀는 폐렴에 의한 호흡 부전으로 죽음에 이르게 되었다.

/

55세의 여자 환자도 유방암에 의한 전이성 척추암으로 나를 찾아왔다. 그녀는 2년 전 자가 검진 중 유방에 혹이 만져져 병원에서 조직검사를 받고 유방암을 진단받았다. 갑자기 찾아온 암이라는 질병에 겁이 난 그녀는 병원에서 제안한 수술을 거부하고 대체 의학이나 한방 치료에 몰두했다. 생식을 통해 자연 치유를 하겠다면서 전국의 산 좋고 물 좋은 곳으로 영약을 찾아다니며, 면역 증강 주사를 맞으면서 2년을 지냈다. 그러던 어느 날 자고 일어날 때 갑자기 허리에 극심한 통증이 느껴졌다. 처음에는 삐끗해서 그런 줄 알고 물리 치료만 받았지만 통증이 가라앉지 않고 점점 심해지면서 급기야는 5분 이상 똑바로 앉아 있기 어려울 정도가 되었다. 집 근처의 척추 전문 병원에서 MRI를 찍고 나서야 그녀는 자신의 흉추 12번 뼈가 주저앉았다는 사실을 알게 되었다. 병원에서는 환자가 과거에 유방암을 진단받았으나 치료받지 않은 과거력과, 55세라는 비교적 젊은 나이에는 드문 압박골절이 발생했다는 점을 고려하여 전이성 척추암으로 진단하고 3차 병원으로 전원을 권유했다. 고민하던 그녀는 인터넷 유방암 동호회에서 알게 된 지인의 연락을 받고 일본으로 떠났다.

2년 전 유방암을 진단받은 당시부터 그녀는 유방암 동호회 블로그나 카페 같은 곳에서 환자들의 치료 경험담을 살펴보고 치료법을 공부하고 있었다. 문제는 그곳에 올라오는 정보들이 과학적으로 검증되지 않은 지극히 개인적인 경험이다 보니 그녀가 현대 의학을 불신하게 되었다는 점이다. 수술 같은 치료 과정에 따르는 통증을 무서워한 그녀는 수술 없이, 항암 치료 없이 완치되었다는 유방암 환자들의 경험담에 빠져들었다. 자신도 그렇게 나을 수 있다는 확신으로 검증되지 않은 치료를 이어가던 중 전이암까지 진단받고 그녀는 혼란스러웠지만 끝내 병원에서 일반적으로 권유하는 치료를 선택하지 않았다.

환자는 동호회 지인이 치료를 받아 효과를 봤다는 일본의 한 중소 병원에서 6개월 동안 치료를 받았다. 정확히 어떤 치료인지는 모르지만, 그녀의 표현에 따르면 저용량의 항암 치료와 방사선 치료를 포함한 면역 치료를 받고 왔다고 했다. 초음파 검사상 유방에 있는 종양의 크기는 줄었다고 했다. 그러나 허리의 통증이 없어지지 않아 고민하던 중 통증 조절을 위한 척추성형술을 설명하는 인터넷 기사를 보고 나를 찾아온 것이다.

"고생 많으셨습니다. 그동안 걱정도 되고 많이 아프셨을 것 같아요. 하지만, 안타깝게도 제가 도와드릴 수 있는 것은 다른 부분인 것 같습니다."

급성 압박 골절의 경우 척추체 안의 신경이 압박 골절에 의한 염증 반응으로 신경 자극 물질에 과도하게 노출되며 통증을 일으키기 때문에, 척추성형술을 통해 인공뼈를 주입하는 시술을 한다. 이때 인공뼈가 굳으면서 나오는 열 때문에 척추체 안의 신경이 타들어가게 된다. 이 과정에서 척추체 안에서 통증을 유발하는 신경이 제거되면서 급성 통증은 호전된다. 문제는 암세포들이 여전히 남아 있기 때문에 얼마되지 않아 통증과는 별개로 암이 자라면서 척수가 지나가는 신경 구멍을 막고 급기야 팔다리의 마비를 일으킨다는 점이다.

또한 척추성형술은 기존의 척추체 안에 인공뼈를 주입하는 방법이기 때문에 척추체의 안정성이나 뒤틀림의 교정과는 거리가 멀다. 다시 말해 지속적으로 척추체가 주저앉으면서 허리나 등뼈의 모양이 바뀌고 척추측만증이 심해진다. 경우에 따라서는 등뼈가 앞으로 심하게 구부러지면서 목을 똑바로 세우지 못하기 때문에 항상 시선이 아래로만 향하게 되기도 한다. 환자는 등과 허리의 통증과는 별개로 앞을 똑바로 볼 수 없는 지경이 된다. 대부분의 경우, 이 단계까지 가기 전에 보통은 신경이 눌리면서 극심한 방사통●에 의한 다리 통증으로 잘 걷지 못하거나, 팔다리에 힘이 빠져 아예 몸을 못 쓰는 경우가

● 　방사통: 신경통의 특징으로 '저리다' '전기 오르는 듯 찌릿하다'와 같은 이상
　　감각을 동반한 뻗치는 듯한 통증을 말한다.

더 많다.

　환자가 가져온 사진은 6개월 전 전이성 척추암을 진단받았을 당시의 MRI 영상이었기 때문에 현재 상태를 알 필요가 있었다. 현재 전이된 암이 척수 신경을 얼마나 누르고 있는지, 그리고 다른 척추에 전이된 곳은 없는지 확인하기 위해 추가적인 MRI 검사를 권유했다. 동시에 몸에 퍼진 암의 상태를 알기 위해 양전자 단층 촬영 검사를 해본 뒤 어떤 치료를 할지 결정하도록 설명했다. 마지막으로, 그녀에게 가장 중요한 치료는 항암 치료라는 걸 분명히 했다.

　"전이암인 환자분 상태는 어떠한 치료를 해도 완치는 불가능합니다. 온몸에 암세포가 퍼져 있기 때문입니다. 따라서 전신 치료인 항암 치료를 꾸준히 잘 받는 게 중요합니다. 이 치료가 환자분의 생명줄이에요. 제가 해드리는 방사선 치료나 수술은 국소적인 치료일 뿐입니다. 이런 치료의 목적은 우선 통증을 없애 일상생활을 할 수 있도록 돕고 더 나아가 신경 손상을 방지하는 데 있습니다. 꼭 치료를 받으셨으면 합니다."

　더불어, 지금 치료를 받지 않는다면 다리를 못 쓸 수도 있고, 허리가 심하게 구부러져 똑바로 서 있거나, 정상적인 생활이 안 될 수도 있다고 겁(?)을 주었다. 하지만 그녀는 의외로 전이성 척추암 환자의 예후에 대해 정확히 알고 있었다. 그녀가 보고 듣는 인터넷 동호회에서 이미 전이성 척추암 환자들의 경험담이 폭넓게 공유되고 있었던 것이다. 어떤 언니는 목을 제대로 못 가눈다더라, 어떤 회원은 등이 옆으로 구부러져서 몸이 한쪽으로 기울어졌다더라, 어떤 사람은 등과 허리가 앞으로 구부러져서 똑바로 눕지 못해 항상 옆으로 누워서만 있을 수 있다더라 하는 식으로. 그러나 그녀는 그날을 끝으로 다시는 이 병원을 찾지 않았다. 병에 대한 두려움이 치료 자체를 시도하지 못하게 만든 것이다.

신념에서건 두려움에서건, 그 누구도 그나마 건강한 지금 상태에서 자신이 앞으로 어떻게 아플지, 어떻게 나을 수 있을지를 결정해서는 안 된다. 죽음은 생과 완전히 다른 얼굴을 하고 찾아온다. 완전히 예측하지 못한 채 불현듯 마주하는 죽음 앞에 우리 몸은 서서히 망가지고, 마음은 무너져간다. 통증이라는 이름으로 죽음의 공포가 다가올 때, 진실을 알고 있지 않다면 이미 나의 생은 없다. 감정에 휩쓸리지 않기 위해서는 죽음의 '팩트'를 알아야 한다. 질병의 상태와 예후, 그에 맞는 치료, 그 치료의 효과에 대해 정확히 이해했을 때야 환자는 자신만의 죽음의 의미를 꾸려갈 수 있다.

전이암의 가능성이 있었다 할지라도 이들이 적시에 필요한 치료를 받았더라면 생의 시간을 조금 더 벌 수 있지 않았을까? 우리는 아프지 않을 때에도 '시간이 조금만 더 있었다면' 하고 후회하는 사람들이니 말이다.

병이 있는 일상

◖

65세의 여자 환자가 손이 떨린다며 진료실을 찾아왔다. 진료실 의자에 앉은 환자의 얼굴은 화난 사람처럼 굳어 있었다. 진료를 보는 중에도 그녀의 오른쪽 손은 잔잔하게 흔들렸다. 오른손 움직임이 왼손에 비해 확실히 더뎠다. 일어나서 진료실 안을 걸어보라고 하니, 오른쪽 다리가 끌리면서 종종 걸음으로 움직였다. 파킨슨병 증상이었다. 확진을 위해 몇 가지 검사를 해볼 것을 권유하자 그녀는 울음을 터뜨렸다.

"지금까지 고생고생하면서 살다가 이제야 허리 좀 펴나 싶더니, 왜 나에게 이런 일이 생겼는지 억울해요."

환자들에게 당신은 무슨 무슨 병입니다, 라고 말을 할 때면 그들의 얼굴에는 묘한 공통점이 있다. 일생일대의 중요한 시험을 치르고서는 성적표를 받으러 찾아오는 수험생의 얼굴이 그려진다. 아무 이상이 없음을 들은 환자는 의기양양한 얼굴로 그럴 줄 알았다는 듯이 어깨를 으쓱거리고, 큰 병에 대해 설명을 들은 환자는 얼굴이 일그러지면서 하얗게 질리기도 하고, 멍한 얼굴로 설명을 제대로 듣지 못하기도 한다. 그들의 다양한 반응 속에서 나는 환자들이 겪는 고통과 불편함을 공감하고 '일타 강사'가 되어 치료법을 제안한다.

한참 후 환자의 울음이 잦아들고 난 뒤 나는 이렇게 말해주었다.

"파킨슨병은 치매처럼 노화와 관련된 퇴행성 질병입니다. 어떤 사람은 무릎이 먼저 망가지고 어떤 사람은 허리가 먼저 망가지는 것처럼, 환자분께서는 뇌세포가 일찍 망가진 겁니다. 원치 않는 사고를 만난 것처럼 불행하게도 환자분의 뇌세포가 다른 사람들에 비해 일찍 나이를 먹게 된 거죠. 뇌의 신경세포 중에서 도파민을 분비하는 세포가 너무 빨리 나이 들어서 일을 못하는 상황이 된 거예요. 그러니 저는 환자분께 부족한 도파민을 보충할 수 있는 약을 드릴 거예요. 대부분 환자가 약을 먹으면 정상 상태로 생활하십니다. 당뇨나 고혈압도 관리를 잘하면 문제없이 지낼 수 있는 것처럼, 파킨슨병도 관리가 가능한 병입니다."

/

일반인들에게는 치매와 파킨슨병이 주는 공포가 대체로 비슷한 것 같다. 도파민이 부족해서 생기는 병인 파킨슨병은 도파민 관련 약을 복용하면 대부분의 경우에는 관련 증상들이 호전된다. 물론 치료제 중 질병의 원인으로 지목되는 도파민 분비 신경세포의 소실을 막는 약은 없다. 도파민 부족에 의해 발생하는 여러 증상을 개선시키기 위한 증상 치료제가 있을 뿐이다. 치료제는 크게 세 가지로 나뉘는데, 도파민 전구물질인 레보도파를 늘려주는 약과 도파민 자체를 올려주는 도파민 효현제dopamine agonist가 있으며, 그 외에 도파민이 체내에 오래 남아 있게 하는 도파민 대사와 관련된 약이 있다.

하지만 짧게는 3년, 길게는 5년쯤 지나면 약물의 반응이 이전과 같지 않게 된다. 이때가 되면 뇌심부자극술을 고려하기도 한다. 머리 안에 뇌세포를 자극하는 전선을 넣고 전기적 자극을 통해 떨어진 약물의 효과를 보완하는 시술이다. 하지만 이 역시 신경을 재생하는 치료는 아니다. 파킨슨병을 근본적으로 낫게 하는 치료는 없으며, 단지 파킨슨병의 증상을 개선해주는 치료가 있을 뿐이다.

　문제는 파킨슨병은 운동성 질환이기 때문에 치매와는 달리 환자의 의식 수준이 정상인 경우가 많다는 것이다. 인지 능력은 이상이 없지만, 몸이 전과 달리 잘 안 움직일 뿐이다. 그래서 환자들은 불만이 많다. 조금만 좋아지면 금방이라도 걸을 것 같은데 의식 수준과 다르게 몸이 말을 듣지 않으니 요구사항도 많고, 약을 의심하며, 의사를 불신한다.

　많은 환자들이 파킨슨병을 잘 진료하기로 유명한 병원을 찾아 어렵게 예약을 하고, 5분 남짓의 진료 뒤 6개월 치 약을 받아 들고 오는 상황도 이런 불신을 부추긴다. 환자들이 몰리는 병원일수록 외래 방문 기간을 길게 잡는다. 게다가 기본적으로 한 세션에서 보통 최소 50명 이상을 봐야 하기 때문에 해당 병원 의사들은 환자의 고통과 보호자의 어려움을 진지하게 살피기 어렵다. 대부분 병원이 파킨슨병 증상에 조점을 맞추어 효율적이고 빠르게 진료하는 데 특화되어 있다. 구조적인 문제다. 하지만 그렇게 어렵게 처방받은 약이 해당 병원에서만 받을 수 있는 특별한 약이 아니라는 것을 환자들이 잘 모르는 것 같다. 나의 경우는 환자나 보호자들이 어떻게 시간을 내고 준비해서 찾아오는지 알고 있기 때문에, 초기에 약이 어느 정도 맞춰진 다음에는 동네 병원에서 처방을 받도록 권유한다.

일반적인 파킨슨병 환자의 치료 목표는 환자가 **최소한이나마 자신만의 삶의 형태를 유지하는 것**이다. 다시 말해, 환자 개인이 자신의 삶을 잘 살 수 있도록 하는 것이다. 파킨슨병은 퇴행성 질환이고, 따라서 점점 악화될 수밖에 없는 병이다. 나빠질 수밖에 없지만, 약물과 재활 치료로 최대한 병의 진행을 늦추고 현재의 생활 수준(일상생활을 위한 기본적인 운동 능력)을 유지하는 것이 치료 목표가 된다. 이러한 목표에 비추어 보면, 똑같은 약을 받으러 아침 일찍부터 부지런히 움직여서, 힘들게 네다섯 시간 동안 기차며 대중교통을 타고 이동해 유명한 병원에서 한 시간 넘게 기다리다가 5분 남짓의 짧은 진료를 보는 것이 파킨슨병 환자에게 얼마나 큰 도움이 될까. 물론 파킨슨병의 특성상 병을 앓고 난 뒤 어느 정도 시간이 지나면 약효가 이전 같지 않아서 약을 조절해야 하고, 조절을 위해서는 보통 일주일 정도 약효와 부작용을 평가해야 한다. 그렇지만 약이 잘 맞을 경우, 환자의 시간과 삶의 질을 더 우위에 두어 환자 본인이 가장 편안함을 느끼는 생활 환경에서 병을 관리하도록 돕는 것이 중요하다고 생각한다.

나는 그녀에게 레보도파와 도파민 효현제를 처방했고, 그 뒤 한층 밝아진 모습으로 나를 찾아온 그녀에게 소견서를 써주고서는 동네 병원에서 약을 받도록 했다.

/

어떤 병이든, 환자 자신이 병을 관리하는 주체가 되면 좋
겠다. 파킨슨병 환자들도 그랬으면 한다. 의사는 병을 앓고 있
는 환자의 심리적, 육체적 고통을 환자만큼 완벽하게 알지 못
한다. 느끼지 못하니 어림잡아 이해하려 노력할 뿐이며, 그 이
해를 통해 적절한 치료를 권유할 뿐이다. 다른 사람의 손에 박
힌 가시의 통증을 우리 자신이 어떻게 느낄 수 있겠는가. 의사
가 말하는 모든 것이 전부 정답은 아닐 수 있다. 나는 병의 한
가운데에 있는 환자 자신이 병을 공부하고, 증상을 살피고 관
리하고, 치료를 선택하고, 의사라는 조력자에게 도움을 청하
는 것이 '병과 함께하는 삶'의 첫걸음이라고 생각한다. 특히 파
킨슨병처럼 오랜 기간에 걸쳐 차차 악화되는 질병을 겪는 환
자는 질병이 있는 일상을 섬세하게 관찰해야 한다. 나는 말수
가 많은 환자를 좋아한다. 증상이 좋아졌다면 어떤 증상이 어
떻게 얼마나 어느 기간 동안 좋아졌는지, 나빠졌다면 어디가
안 좋았는지, 다른 증상이 있다면 무엇인지 살피고 의사에게
자세히 이야기해주는 것이 좋다. 그러면 의사는 그러한 증상

이 파킨슨병이 악화되어서 생기는 증상인지, 아니면 약 부작용으로 발생하는 증상인지 등을 구분할 것이다. 그리고 처방약을 늘릴지 줄일지, 다른 약으로 바꿀지, 얼마 동안 복용하게 하고 반응을 관찰할지 등을 결정할 것이다. **병이 있는 일상은 환자 자신밖에 모른다. 의사는 그 다음에 있다.**

목소리를 듣기 위해

◗

"한 달 전부터 갑자기 걷기가 힘들어요. 양쪽 다리 전체가 저리고 남의 살 같아요. 걸을 때 휘청거리고, 꼭 구름 위를 걷는 것처럼 먹먹하네요."

73세 남자가 갑자기 시작된 보행 장애와 양쪽 다리의 감각 저하로 병원을 찾아왔다. 환자는 이미 6개월 전부터 양쪽 팔 저림이 있었고, 다른 병원에서 심한 목 디스크를 진단받고 수술을 권유받았지만 거부하고 약으로 통증만 조절해왔다. 가지고 온 경추 MRI 검사상 경추 4~5번과 5~6번의 심한 디스크 탈출증과 더불어 신경공 협착증이 동반되어 있었다. 이로 인해 경추신경이 심하게 눌리면서 다리로 가는 신경 또한 압박되었고, 그러면서 '경추 척수증'이 발생한 것이다.

환자는 손과 다리의 근력이 약해지며 움직임이 부자연스러워졌고 특히 걸음을 잘 못 걷고 휘청거렸다. 나는 더 이상의 신경 손상을 막기 위해 수술을 권유했다. 하지만 불행히도 신은 이 환자에게 좋아질 수 있는 기회를 더 주지 않았다.

/

수술 날짜를 앞둔 어느 날, 그가 병원 응급실로 실려왔다. 새벽에 화장실을 가던 중 경추 척수증 때문에 불안정해진 걸음으로 휘청거리다가 미끄러져 넘어진 것이다. 그러면서 디스크와 협착증으로 좁아진 경추의 척수신경이 목의 과도한 움직임으로 충격을 받게 되었고, 척수신경이 손상되었다. 거기에 더해 바닥에 부딪힌 머리에는 급성 경막하출혈이 생겼다. 응급으로 시행한 검사 결과 경추신경이 심각하게 손상되었고, 팔다리에 영구적인 장애가 발생할 가능성이 높았다. 응급 수술을 준비했으나 수술 직전, 갑자기 환자의 혈압이 급격히 떨어지기 시작했다. 척수신경 손상으로 인한 쇼크가 온 것이다.

결국 수술은 중단되었다. 환자는 강심제와 승압제를 사용하면서 중환자실로 옮겨졌다. 경추신경 손상으로 횡격막 신경마비가 동반되어 환자의 호흡이 불안정해졌다. 기관삽관 후 인공호흡기에 의존해서 겨우 숨을 유지할 수 있었다.

　중환자실에서 치료한 지 일주일이 지나면서 척수성 쇼크 증상은 호전되어 혈압은 안정되었지만, 환자는 여전히 스스로 숨을 쉬기 어려운 상태였고 가래를 배출하지 못하면서 폐렴이 생겼다. 이처럼 숨을 잘 쉬지 못할 경우 기관삽관을 유지할 수밖에 없는데, 문제는 기도가 협착될 위험이 있다는 것이다. 그래서 오랜 시간 기관삽관을 해야 할 경우에는 목에 구멍을 뚫는 기관절개술을 해야 한다. 기관절개술을 받으면 환자는 안정적으로 숨 쉬는 구멍이 확보되며 호흡이 편안해지고 객담 배출을 쉽게 할 수 있다. 의료진 입장에서도 폐 관리가 수월해지는 장점이 있다. 하지만 목에 구멍을 뚫으면 그동안 환자는 말을 할 수가 없게 된다. 물론 상태가 호전되면 목의 구멍을 막는 치치를 해 원래대로 말을 할 수 있다.

　하지만 이 환자는 팔다리를 전혀 쓰지 못하는 상태였다. 여기에 기관절개술을 받아 목소리까지 내지 못하게 된다면 환자는 아무것도 표현할 수 없게 된다. 말로든 몸짓으로든 타인과 소통할 수 있는 모든 수단이 사라지는 셈이었다.

　게다가 이 환자는 과거에 갑상선암 수술을 받으면서 이미 기관절개술을 경험한 적이 있었다. 의식이 돌아온 환자는 고갯짓을 하며 기관절개술을 받지 않겠다고 완강히 거부했다. 환자에게는 "기관삽관 후 호흡이 원활하지 않으면 기관절개술을 할 수밖에 없다"고 설명하며 절개술을 받기를 거듭 권유했지만 그는 이미 마음을 닫은 채였다. 과거에 갑상선암 수술 후 고생을 크게 한 터라, 당시 그는 다음에도 비슷한 상황이 되면 더 이상의 연명치료를 받지 않을 것임을 보호자들에게 분명히 밝혀둔 터였다.

환자에 대한 진단은 이러했다. 심한 척수 손상 때문에 이미 팔다리는 전혀 쓰지 못하고, 목 수술을 받는다고 해도 회복되지 않을 것이었다. 이 환자는 급성기 치료가 끝나고 나면 일반적으로 다음과 같은 상황을 겪게 될 것이다.

먼저 콧줄과 목에 구멍을 뚫은 채로 요양병원이나 재활병원으로 전원을 가서 계속해서 누워서 지낸다. 그러다 엉덩이 사이의 천장골 주변에 가장 먼저 욕창이 생긴다. 욕창 치료의 기본은 해당 부위가 압력을 받지 않게 하는 것인데, 천장골에 압력을 가하지 않으려고 환자를 옆으로 누이면 이제는 눕힌 쪽 골반뼈 주변에 욕창이 생긴다. 욕창은 대체로 뼈가 도드라지고 피부가 얇은 부위에 지속적인 압력이 가해지면서 생기는데, 대부분 잘 낫지 않고 나중에는 뼈가 훤히 드러날 정도로 살이 파인다.

음식을 먹는 것도 문제다. 음식물이 기도로 넘어가서 생기는 흡인성 폐렴을 방지하기 위해 식사를 할 때 반드시 앉아서 먹어야 하는데, 환자가 스스로 몸을 움직일 수 없다 보니 흡인성 폐렴을 피하기 어렵다. 그 외에도 호흡이 불안정하고 가래 배출이 원활하지 않아 세균성 폐렴이 생기는 경우도 많다. 병을 앓는 초반에는 열이 나거나 가래가 많아지면 적극적으로 흡인기를 사용해서 가래를 자주 뽑아내고 항생제도 적절하게 사용해서 곧 회복되지만, 이런 일이 잦아지면 환자도 보호자도 지친다.

환자가 자신에게 앞으로 이런 일이 벌어질 것까지 예상했을지는 모르겠다. 과거에 기관절개술을 경험하면서 한동안 말을 할 수 없었던 것, 그리고 그에 따른 자기 신체 이미지의 손상(어떻게 사람이 목에 구멍을 뚫고 살 수 있는가 하는 생각), 회복 과정에서 느꼈던 고통과, '인간의 삶은 어떠해야 한다'라는 자신만의 가치관이 있었기 때문에 기관절개술을 받지 않으려 했던 것 같다.

/

기관삽관 후 3주가 지났고, 환자의 호흡은 여전히 불안정했다. 경추가 손상되면 일반적인 호흡으로는 숨을 쉴 수가 없다. 이때는 의식적으로 배로 숨을 쉬는 연습을 해야 한다. 보통은 경추에서 나오는 횡격막 신경이 사람이 의식하지 못하는 순간에도 신호를 보내어 호흡을 가능하게 하지만, 경추가 손상된 환자는 횡격막이 마비되어 무의식적인 호흡이 어렵다. 물론 우리의 신체는 보상 작용으로 인해 폐의 흉곽을 크게 하여 호흡을 일부 도와주지만, 근본적으로 깊은 호흡이 되지 않기 때문에 몸 안에는 이산화탄소가 쌓여간다.

문제는 몸 안에 이산화탄소 농도가 높아지면 숨이 더 안 쉬어진다는 것이다. 적정 수준의 이산화탄소는 호흡을 유발하는, 숨을 쉬게 해주는 동기 요인으로 작용하지만, 그 수치가 지속적으로 높으면 우리 몸에서는 호흡 유발 인자가 사라져 몸이 숨을 안 쉬어도 되는 상태로 인식한다. 이런 이유로 이 환자는 기관삽관 후 3주가 되었지만 인공호흡기를 뗄 수 없었다. 인공호흡기를 떼려고 조금이라도 세팅을 조정하면 그의 몸에는 이산화탄소 수치가 높아졌다. 환자에게 깊은 숨을 쉬도록, 배로 숨을 쉬도록 교육했지만, 오랜 투병 생활로 체력이 떨어져서인지 그는 더는 회복하지 못했다. 탈출구가 없었다.

보호자 중 한 명이 나에게 찾아왔다. 환자의 큰딸로, 다른 병원에서 중환자실 간호사로 일한다고 했다. 그녀는 누구보다도 현재 상황을 잘 이해하고 있었다. 그녀는 조심스럽게 나에게 부탁했다.

"더 이상의 인공호흡기 치료는 하고 싶지 않습니다. 그리고, 가능하다면 기관삽관도 빼고 싶어요. 마지막으로 아버지의 목소리를 듣고 싶습니다."

나는 그렇게 하면 이산화탄소 축적으로 인해 환자가 사망할 가능성이 높다는 것을 설명했으나, 그녀는 자신의 요구가 어떤 의미인지 분명하게 알고 있었다. 그리고 이에 대해 환자와 상의했고, 아버지가 여기에 동의했다고 말했다.

연명치료를 거부하기 위해서는 여러 가지 요건이 있다. 먼저 의료기관윤리위원회가 설치된 의료기관에서 담당 의사와 전문의 1인이 환자에게 더 이상의 회생 가능성이 없다는 사실을 판단해야 한다. 그 다음으로는 환자, 또는 환자 가족이 연명치료를 원하지 않는다는 뜻을 밝히고, 담당 의사와 전문의 1인이 이를 확인해주어야 한다. 이렇게 환자가 의사표현을 할 수 있는 경우에는 담당의 1인이 환자와 환자 가족의 결정을 확인하면 된다. 이 두 단계를 거치면 연명치료는 중단된다.

환자는 말을 할 수 없을 뿐 의식은 있었고, 자신이 호흡기에 의존해 진전 없는 치료를 받고 있다는 사실을 매일 분명하게 깨달았다. 그는 결국 딸과의 대화에서 '이제 그만하고 싶다'

는 뜻을 밝혔다.

환자와 그의 딸은 그렇게 '연명치료 거부 동의서'를 작성했다. 인공호흡기를 떼어냈고, 곧이어 기관삽관도 제거했다. 더 이상의 중환자실 치료는 의미가 없었기 때문에 나는 환자와 보호자만 있을 수 있는 1인실 병실로 옮겨주었다. 그날 오후 늦게 1인실로 올라간 환자는 딸을 통해 주변 지인들에게 전화를 했다. 그동안 고마웠다고. 내가 잘못한 일이 있다면 용서해달라고.

다음 날 회진을 돌았을 때, 그의 의식은 이미 조금씩 혼미해지고 있었다. 몸 안에 이산화탄소가 쌓이면서 나타나는 현상이었을 것이다. 그러면서 몸 안의 산소는 부족해져갔을 것이다. 환자의 딸과 다른 보호자들은 그의 죽음을 예감한 듯 병실로 찾아와 조용히 눈물만 흘렸다. 하지만 그 모든 상황이 결코 감정적으로 격하거나 혼란스럽지는 않았다. 차분하고 정적으로, 가족들은 그의 마지막을 함께했다.

우리는 모두 기억을 남긴다

◖

죽음은 모든 사람에게 벌어지는 공평한 사건이지만 죽음의 모양은 인간의 개성만큼 제각각이다. '잘 죽는 법'에 대한 생각도 저마다 다르다. 그렇다면 죽음 이후에는 무엇이 남을까? 생전에 부자로 살든, 빠듯하게 살든, 착하게 살든, 나쁘게 살든, 다양한 삶의 모습 다음 누구에게나 똑같이 찾아오는 죽음 이후에는 어떻게 될까?

친하게 지내온 세 자매가 있었다. 대부분의 재산이 오빠에게 상속되었고 딸들에게는 조그만 땅이 공동 지분으로 상속되었는데, 문제는 이 땅의 가치가 급격히 오른 뒤에 벌어졌다. 집안의 대소사를 도맡아오던 장녀이자 큰언니에게 뇌종양이 생겼고, 그녀는 안타깝게도 악성 교종으로 진단을 받았다. 수술 후 방사선 치료와 항암 치료를 받았지만, 암은 재발했고 그녀의 기억은 조금씩 지워져갔다.

큰언니의 상태가 조금씩 악화되자 둘째가 큰언니의 뇌종양을 문제 삼았다. 큰언니 몫의 재산을 탈취하려는 목적으로 큰언니가 건강 이상으로 판단력이 흐려졌다고 주장하며 분쟁을 일으켰다. 이는 큰언니의 자녀와 이모들 사이 재산 싸움으로 번졌고, 평화롭던 친족 관계는 깨졌다.

악성 교종을 앓았지만 큰언니는 자식들의 정성 어린 간호로 컨디션을 조절하며 나름 잘 지내고 있었다. 그러던 중 둘째 자매가 위암 말기 판정을 받았다. 평소 건강을 자신했지만 최근 들어 소화가 잘 되지 않던 중 위 내시경으로 위암을 발견했고 정밀 검사 결과 이미 전신에 암이 퍼진 말기 위암이었다. 위암이 어느 정도 진행되면 환자는 장이 막히게 되며 식사를 하지 못하고, 전신 쇠약이 급격히 진행되어 오래 살지 못하는 경우가 많다. 물론 항암제가 잘 듣는 경우 암의 크기가 줄어들며 얼마간 병을 관리할 수 있지만, 대부분의 암이 그렇듯 내성이 생겨 재발과 악화가 반복되며 결국 1~2년을 넘기지 못한다.

말기 위암을 진단받기 전에 둘째는 이렇게 생각했을 것

이다. '나는 분명 큰언니보다 오래 살 것이다. 그러니 이 기회에 큰언니의 상속분을 내 것으로 만들어 자식들에게 더 많은 재산을 물려주겠다.' 그렇기에 그토록 친하게 지내왔던 자매 간의 정을 무시하며 재산 분쟁을 일으켰을 것이다. 그녀는 그 과정에서 큰언니를 판단력이 부족한 금치산자로 몰아가 친족들끼리의 싸움을 주도하고 조카들에게 악다구니를 써댔다.

이제 큰언니보다 먼저 죽을지 모르는 둘째에게는 무슨 생각이 들었을까? 죽음을 앞둔 사람에게 몹쓸 짓을 했다는 손가락질까지 받으며 분란을 일으켰던 그녀는, 자신의 죽음 뒤에 무엇이 남을지 생각해봤을까?

죽음이라는 삶의 끝에서 큰 재산이 무슨 소용이 있을까. 세상에서 좋다고 하는 그 어떤 것도 죽음 앞에서는 가치를 잃는다. 죽음을 앞두고 벌어지는 이런 분란의 사례를 숱하게 보는 의사의 관점에서, 죽음 이후에 남는 것은 나를 알고 기억해주는 사람들의 감정뿐이다. 죽어가는 나를 위로해주는 것은 내가 죽고 나서도 나를 기억해주는 사람들이 있다는 것이다.

/

이런 생각을 비교적 잘 시각화한 영화가 있다. 디즈니 애

니메이션 「코코」다. 멕시코에는 1년에 한 번 죽은 자들이 산 자들을 만나러 온다고 하는 '죽은 자의 날El Día de Muertos, 디아 데 무에르토스'이라는 최대 명절이 있다. 살아 있는 주인공이 죽은 자의 날에 사후 세계에서 벌이는 여러 가지 사건이 영화의 주된 줄거리이지만, 내가 주목한 것은 '기억'에 관한 이야기였다. 영화에는 살아 있는 사람이 죽은 사람을 기억하지 못하면 사후 세계에서 죽은 자가 영원히 사라진다는 설정이 있다. 주인공의 증조할아버지 또한 기억에서 잊혀 영원히 사라질 뻔하다가, 주인공의 할머니가 오래된 노래를 통해 극적으로 기억을 떠올리며 증조할아버지가 사라지지 않을 수 있었다는 결말을 보고 나는 고개를 끄덕였다. 나도 같은 생각이었기 때문이다. 죽음 이후에 남는 것은 결국 남은 사람들의 기억뿐이다.

수많은 죽음을 곁에서 보아왔다. 항상 죽음을 가까이 하다 보니 때로는 오늘의 햇살을 내일 다시 만끽하지 못할지도 모른다는 생각에 다다른다. 그럴 때면 모든 일상적인 풍경들이 생경해 보인다. 그렇게 새롭게 마주한 일상의 풍경은 더 이상 나에게 그냥 당연한 것이 되지 않는다. 그렇게 **매일 새로운 하루하루를 지내는 것이 나에게 '잘 죽는 법'이다.**

어떻게 하면 잘 죽을 수 있을지를 고민하다 보면, 결국 죽음 이후의 일에 대해 생각하지 않을 수 없다. 그래서인지 인간은 그 누구도 알 수 없는 죽음 이후가 두려워서 일평생을 무신론자로 살아가다 결국 삶의 마지막에 종교에 귀의하려고도 한다. 하지만 이렇게 종교에 기대려는 마음은 일종의 보험이 아닐까 하는 생각도 든다. 운 좋게도 예수님께서 부활하실 때 같이 살아날 수도 있고, 아니면 내세에 귀인으로 환생할 수도 있겠지만, 내가 죽음 이후에 원하는 것은 당장의 효능감 있는 결과물이다. 나는 가져갈 수 없는 재산이나 손에 잡히지 않는 뜬구름 같은 명예, 그리고 알 수 없는 사후 세계에 대한 맹신이 아닌, 그저 나를 기억하는 사람들에게 끼칠 수 있는 조그마한 영향력(?)을 원한다. 나를 아는 사람들에게 좋은 아빠, 훌륭한 친구, 그리고 따르고 싶은 멋진 선배로 기억되고 싶다. 나를 기억하는 사람들에게 미치는 선한 영향력이야말로 범부인 내가 꿈꿀 수 있는 최고의 영웅적인 삶이다.

영웅 혹은 위인의 삶이라는 것은 그들의 삶이 후세 사람들에 의해 기억되어, 사람들이 그들의 삶에서 영감을 받고 감화되어 그들처럼 되고자 노력하기 때문에 가치를 지닌다. 수많은 사람들에게 위인처럼 기억될 수는 없겠지만, 평범한 사람인 내가 꿈꿀 수 있는 최고의 바람은 최소한 나를 기억하는 사람들에게 좋은 사람이었다는 내 삶의 흔적을 남기는 것이다.

혼자 맞는 죽음

▶

80세 남자 환자가 머리가 아프고 어지러우면서 온몸에 기운이 없다면서 외래로 찾아왔다. 외래에서 몇 가지 검사를 해보니 오른쪽 팔다리에 힘이 떨어져 있었다. 급하게 당일 두부 컴퓨터 단층 촬영을 해보니 꽤 많은 양의 만성 경막하출혈이 확인되었다.

경막하출혈은 뇌를 둘러싸고 있는 뇌막 밑으로 피가 고이는 것으로 대부분의 경우 머리를 부딪혀서 발생한다. 나이가 들면 뇌위축이 동반된다. 그러면서 뇌막과 뇌 사이가 벌어지고, 그 사이의 연결정맥이 길게 당겨지게 된다. 이때 머리에 충격이 (심지어 문지방에 머리를 부딪히는 정도의 경미한 충격이라도) 가해지면 당겨진 연결정맥에서 피가 난다. 이때의 출혈은 정맥 출혈이기 때문에 대부분의 경우는 멎고 양이 적어서 흡수된다. 문제는 이러한 출혈이 반복되다 보면 경막하출혈이 조금씩 흡수되지 않고 축적되면서 조금씩 뇌를 한쪽으로 밀게 된다. 이러한 증상이 3개월 정도 이어지면 만성 경막하출혈로, 이 단계에서 여러가지 신경학적 장애가 발생해 많은 환자가 병원을 찾는다. 급성 출혈은 많은 경우 피가 응고되어 뇌를 심하게 압박하기 때문에 머리뼈를 크게 열어야만 피를 제거할 수 있다. 반면 만성 경막하출혈의 치료법은 머리에 구멍을 뚫고 관을 넣어 피를 빼내는 것이다. 급성 출혈과 다르게 만성 출혈은 피가 녹아서 물처럼 변해 있는 경우가 많기 때문에 관만 넣어도 피가 질 나온다. 이 환자는 만성 경막하출혈이기 때문에 비교적 쉬운 방법으로 피를 제거할 수 있었다. 나는 환자에게 수술 치료를 권유했다.

"지금 환자분의 머리에는 만성 경막하출혈이라는 뇌출혈이 생겼습니다. 이 때문에 오른쪽 팔다리에 힘이 잘 들어가지 않는 것이고요. 머리에 조그만 구멍을 뚫어 피를 뽑아내면 좋아질 수 있습니다."

하지만 환자는 이미 의식이 떨어져 현재의 상황을 이해할 수 없었다. 진료 볼 때만 해도 자신의 증상을 분명하게 이야기했지만, 어쩐 일인지 검사 후에는 이미 제정신이 아니었다.

"내가 여기 왜 온 거야? 나 아무렇지도 않아. 당장 집에 가야겠어!"

환자의 증상이 더 악화될 거라 예상한 나는 당연하게도 환자와 같이 온 보호자(환자와 비슷한 연배로 보이는 여성이었다)에게 환자의 상태를 설명하고 수술동의서를 받으려 했다. 하지만 돌아온 대답은 의외였다. 본인은 법적 보호자(부인)가 아니라 애인이라고 했다. 친보호자로는 딸이 있으니 그쪽으로 전화해보라고 했다. 환자를 앞에 두고 꽤 심드렁한 태도였다.

딸에게 전화를 하니 그녀는 아버지를 '그 사람'이라고 했다. 자기 인생에서 그 사람을 지운 지 이미 오래되었다는 그녀에게는 증오만 남아 있었다. 하소연 사이사이 들어보니, 그녀의 아버지는 젊은 시절 혼자 살겠다고 어머니와 자기를 버리고 떠났고 어머니는 고생만 하다 오래전에 돌아가셨다고 했다. 연락도 없이 살다가 가끔씩 이렇게 병원에서 일이 있을 때만 연락이 온다면서 수화기 너머로 그녀는 불같이 화를 냈다. "저도 형편이 안 좋아서 병원비를 낼 처지가 안 되고, 내고 싶지도 않아요. 수술할지 말지는 그 사람이랑 상의하세요!"

이미 환자의 의식이 조금씩 흐려지고 있었고, 신경학적

장애도 점차 진행되고 있었기에 하는 수 없이 주치의 판단으로 당일 응급 수술을 시행했다. 수술 3일 뒤 환자의 정신은 멀쩡해졌고, 마비되었던 오른쪽 팔다리의 힘도 회복되었다.

일반적으로 수술 후 증상이 호전되면 퇴원을 권유한다. 이후에는 대부분의 환자가 재활병원이나 요양병원으로 전원되어 재활 치료를 받고 일상생활로 복귀한다. 하지만 이 환자는 퇴원을 거부하며 자꾸만 새로운 증상을 이야기했다. 어지럽다, 머리가 아프다, 소변이 안 나온다, 입맛이 없다……. 그는 다양한 주관적 증상을 늘어놓으며 이렇게 아픈데 왜 벌써 퇴원시키려 하느냐고 불평했다. 처음 병원에 왔을 때 그 기세와 달리 그는 퇴원을 두려워하고 있었다.

어렵사리 퇴원을 시킨 후에도 이 환자는 일주일에 한두 번씩 별일 아닌 문제로 외래를 찾아왔다. 한번은 지인들과 강원도에 놀러 갔다가 갑자기 심한 어지럼증을 느끼면서 쓰러졌다고 했다. 의식을 잃지는 않았지만 전과는 다른 심한 어지럼증이 5초가량 느껴지면서 겁이 났다고 했다. 전에 받은 수술 때문에 그의 마음은 약해져 있었다.

그의 걱정을 이해하지 못하는 것은 아니었다. 하지만 환자의 증상은 노화에 따른 증상이었다. 특히 80세라는 나이를 감안하면 그동안 굉장히 건강하게 지내온 편이었다.

"환자분께서 겪는 질환은 노화로 인한 기립성 저혈압입니다. 이 나이의 노인분들이 많이 겪으시지요. 누워 있다가 앉을 때나, 앉아 있다가 일어설 때처럼 머리의 위치가 갑자기 심장보다 높은 위치에 있게 되면 중력 때문에 일시적으로 머리에 피 공급이 부족해집니다."

그는 내 말을 믿기 어렵다는 얼굴이었다.

"젊었을 때는 피 공급이 부족해지면 심장이 빨리 뛰거나 머리로 올라가는 혈관이 급속하게 수축되는 식의 여러 가지 보상 기전으로 머리에 피가 빠르게 공급되지만, 노화로 인해 이러한 보상 현상들이 제때에 이루어지지 않는 경우가 많습니다. 게다가 환자분처럼 혈압 약을 먹는 경우 어지럼증이 더 자주 생길 수 있습니다. 그러니까 어지러우실 때는 이렇게 생각하셔야 합니다. '내 머리에 피가 잘 돌지 않아서 생기는 어지럼증이 왔구나. 잠깐 내 몸에, 머리에 피가 돌 수 있도록 시간을 줘야겠구나. 잠시 가만히 기다려야겠네.' 그러면서 몸의 변화, 신체의 노화를 인정하시는 게 필요합니다."

식사를 잘 못 하거나 탈수가 있으면 증상이 심해질 수 있으니 잘 먹는 것 또한 중요하다고 덧붙이면서, 나는 그가 그간 호소한 어지럼증의 기저에 혼자 나이 드는 것에 대한 두려움이 있을지도 모른다고 생각했다. 그는 병 자체보다, 병을 혼자서 감당할 수 없다는 사실을 두려워하는 것 같았다. 그에게는 수술동의서에 서명해줄 사람이 없었다. 병원에서 나가길 원하지 않았던 것도, 별것 아닌 증상으로 재차 병원을 찾는 것도 그가 죽음을 목전에서 마주했기 때문일 것이다. 더는 전처럼 내 멋대로, 내 뜻만으로 살 수 없다는 것, 그리고 그 곁에 생사고락을 함께해줄 이가 없다는 것을 깨달았기 때문이었을 것이다. 호기롭게 살던 그가 작은 어지럼증에도 겁을 내고 병원을 찾는 마음을 어렴풋이 이해할 수 있었다.

누군가에게는 여든이 넘는 나이에 애인과 함께 여행을 다니는 삶이 좋아 보일 수 있겠지만, 우리는 언제나 젊게만 살 수 없다. 노화라는 질병이 그의 몸을 덮어갈 즈음에, 쾌락적인 삶이 죽음이라는 결승선에 가까워졌을 즈음에야 그는 자신의 외로움의 크기를 직감하지 않았을까 싶다.

/

급성 경막하출혈로 또 다른 79세 여자 환자가 병원을 찾았다. 2주 전부터 기력이 없어지면서 식사를 잘 못 하던 중, 침대에서 떨어지면서 머리를 부딪혀 응급실로 실려왔다. 요양원에서는 당시에는 환자에게 별다른 이상이 없어서 지켜보다가,

그녀가 다음 날까지 잠에서 깨지 않아 응급실로 데리고 온 것이다. 검사 결과 환자는 만성 경막하출혈 때문에 뇌가 오래도록 눌려 있다가, 사고로 머리에 급작스러운 충격을 받아 급성 경막하출혈로 진행된 것이었다.

앞서 이야기한 것처럼, 급성 출혈은 혈소판 등의 응고 인자 때문에 혈액이 굳어서 뇌를 심하게 압박한다. 응급 수술을 결정했고, 결혼하지 않고 혼자 살아온 환자의 하나뿐인 여동생에게 동의를 얻어 머리뼈를 여는 개두술과, 뇌막을 절개하여 마치 선지처럼 딱딱하게 굳어 있는 뇌막 아래의 피를 제거해주는 수술을 했다. 그러나 뇌가 오래도록 눌려 있었기 때문에 그녀는 결국 회복되지 못했다. 의식이 돌아오지 않았고, 그녀는 목에는 기관절개술을, 코에는 콧줄 삽입을 하고, 기저귀로 대변을, 소변줄로 소변을 받아내야 하는 식물인간 상태가 되었다.

수술 후 2주가 되면서 상태가 안정되어 급성기 치료가 종료가 되었을 즈음, 환자의 보호자인 여동생에게 전원을 권유했다. 그러나 동생은 언니의 전원을 조금 미뤄달라고 얘기했다.

"저도 언니가 여기서 오래 있을 수 없다는 건 알아요. 하지만 여기서 일주일만 더 있게 해줄 수는 없을까요? 평생을

외롭게 불쌍하게 살아온 언니에게 내가 해주는 마지막 선물
이라고 생각해주시면 안 될까요? 요양병원이나 재활병원에서
있게 하는 것보다, 큰 병원에서 일주일이라도 더 치료받게 하
고 싶어요."

환자는 요양병원으로 가면 요양원에서 그랬던 것처럼 남
의 손에 맡겨져서 지낼 것이다. 동생은 자기 가족을 꾸리느라
자식과 남편이 없는 나이 든 언니를 요양원에 보낼 수밖에 없
었다. 그러다 언니가 요양원에서 갑작스럽게 사고를 당하며
동생은 깊이 자책했다. 언니를 병원에 있게 하는 것이 언니에
게 줄 수 있는 마지막 선물이라니, 동생의 자책감을 덜어주고
싶었던 나는 전원을 미루어주었다. 의사로서 내가 도울 수 있
는 한 가지 일이었다.

병원에는 다양한 사람, 다양한 죽음이 있다. 죽음은 누구
에게나 어김없이 공평하게 찾아오시만, 어느 순간에 어떠한
방식으로 올지는 아무도 모른다. 그러나 조금쯤 짐작할 수 있
는 것은, 우리가 살아온 삶의 방식에 따라 그런 순간을 어떻게
맞을지가 결정된다는 사실이다. 혼자서 멋있고 우아하게 살았
든, 가족과 함께 아웅다웅 치열하게 살았든, 죽음이라는 숙제
는 오로지 나만이 풀 수 있다. 하지만 옆에 누군가가 있고 없
고는 삶의 엔딩을 또 다른 쪽으로 쓰게 한다. 내 옆의 가족이

나의 죽음을 기뻐할지 슬퍼할지 모르겠지만, 그래도 누군가가 있다면 최소한 무관심한 죽음보다는 낫지 않을까. 그리고 우리는 살아 있을 때 그 관계를 만들어갈 수 있다. 그 관계가 내 죽음의 장면을 만들기도 한다.

통증의 얼굴들

◖

한 보호자가 신경외과를 찾았다. 환자의 남동생이라고 자신을 소개한 그는, 자신의 누나가 3년 전 폐암 4기를 진단받았고 지금은 전이성 척추암 때문에 극심한 통증을 겪는다고 했다.

48세라는 젊은 나이에 발견된 폐암은 진단 당시인 3년 전에 이미 늑막 전이가 동반된 비소세포 폐암이었다. 다행히 표적치료제에 대한 반응이 매우 좋았다. 하지만 2년이 지나면서 암이 진행되어 뇌 전이가 확인되었고, 이후 감마나이프로 방사선 수술을 받은 후 약을 변경했다. 하지만 효과가 없었고 되려 늑막 전이가 심해지면서 악성 흉수가 폐에 차기 시작했다. 폐암 때문에 늑막에 물이 차기 시작하니 환자는 숨 쉬기가 힘들어졌다. 늑막유착술을 시행했고, 이번에는 면역치료제를 사용했다. 그러나 최신 면역치료제에도 폐암은 더욱 진행되어 뇌 전이가 더 심해졌으며, 간 그리고 요추 2번부터 5번까지 전이되었다. 나날이 심해지는 통증으로 환자는 전뇌 방사선 치료 및 통증 부위에 방사선 치료를 받았지만, 이제 하루 종일 모르핀 주사를 맞아야 하는 상황이었다.

환자는 불현듯 찾아오는 심한 통증으로 이미 한두 시간마다 추가로 모르핀 주사를 맞고 있었다. 돌발성 급성 통증에 대한 두려움으로 환자는 혈관 주사를 떼지 못했다. 의료진은 그녀가 겪는 통증에 공감했기에 적극적으로 주사 치료를 했지만 결국 그녀의 주사 의존성만 심화되었다. 정확히 말하면 모르핀 마약 주사에 대한 의존성이 아니라, 주사 자체에 의존성이 생긴 것이다.

입원한 지 3개월이 지났지만 환자의 통증은 좀처럼 호전되지 않았고 그러면서 환자는 혈관 주사에 더 심하게 집착했다. 여명이 얼마 남지 않았다는 환자에게 애처로움을 느낀 보호자나, 통증에 극도로 민감했던 환자의 고집, 그리고 환자의 요구에 제대로 대응하지 못한 의료진 모두에게 출구가 없는 상황이었다. 환자의 남동생이 다른 병원에 있는 나에게 찾아온 것은 이 즈음이었다.

"누나가 주사를 못 끊게 해요. 주사를 맞아야 하니 퇴원할 생각을 못 하네요. 그쪽 병원에서도 입원이 길어지니 난처한 것 같아요. 어떻게 해야 하나 고민하다가 교수님께서 암성 통증을 줄여주실 수 있다는 이야기를 듣고 찾아왔습니다."

그가 가지고 온 자료를 검토하고, 나는 척수강 내 모르핀 펌프이식술을 받아볼 것을 권유했다. 혈관 주사를 척수강내 주사로 바꾸어 적은 용량의 모르핀으로도 효과적인 통증 조절을 할 수 있고, 몸 밖으로 드러나는 관도 없기 때문에 환자가 더 이상 병원에 있지 않아도 될 거라는 판단이었다.

/

환자가 입원 후 처음 그녀를 마주했을 때, 나는 그녀의 전신 상태가 생각보다 괜찮아서 놀랐다. 물론 쌍마른 몸에 등과 허리는 좌우로 비틀어져 휘어져 있었고 몸을 제대로 가누지 못할 정도로 기력이 없었지만, 그녀는 총기가 서린 커다란 눈으로 약간은 고집스럽게 자기 주장을 분명히 이야기했다.

"너무 아파요. 주사를 맞지 않으면 잠시도 견딜 수 없단 말예요. 전 마약 주사가 필요해요. 집에 가면 주사도 못 맞을 거 아녜요?"

"죽을 때를 기다리면서 병원에서만 지내기에는 환자분의 상태가 나쁘지 않습니다. 제 치료의 목적은 환자분을 집으로 보내는 것입니다. 마지막이 될지언정 집에서 가족들과 함께 식사 한 끼 하셨으면 합니다. 퇴원했다가 다음 날 다시 병원에 입원하더라도, 그렇게 집에서 식사라도 같이 하는 것이 본인을 위해 수고한 가족들에게 위로가 되고, 나아가 스스로에게도 의미 있는 시간이 될 겁니다. 그렇게 할 수 있게 같이 노력해보시지요."

　일단 환자의 병 진행 상태를 알기 위해 검사를 시행했고, 최신 면역치료제 사용 여부를 확인하기 위해 추가 검사도 진행했다. 동시에 척수강내 모르핀 주사를 주입했다. 보통은 바로 펌프 이식술을 하는 것이 아니고, 먼저 혈관 주사처럼 허리의 척수강내로 모르핀 주사를 지속적으로 주입하여 통증 감소 효과를 확인한다. 통증 감소 효과가 분명하다면, 그리고 환자의 여명이 6개월 이상이라고 판단이 되면 전신 마취 후 모르핀 펌프를 배 안에 심게 된다.

　하지만 환자에게 주입한 척수강내 모르핀 주사는 효과가 없었다. 나는 그녀에게 마약 주사라고 말을 하면서 실제로는 생리 식염수를 주사했다. 그리고 이러한 위약 효과는 그녀의 통증을 줄여주었다. 다시 말해 그녀는 마약 의존 상태가 아닌 주사 의존 상태였던 것이다.

국제통증연구협의회는 통증을 "실제적이거나 잠재적인 조직 손상, 혹은 그에 준하는 손상과 관련된 불쾌한 감각이나 정서적 경험"으로 정의한다. 이 환자의 경우 통증은 주로 정서적 불안정에 기인하는 경우로 여겨졌기 때문에 정신과 치료를 병행했다. 또한 그녀가 통증을 좀 더 구체적으로 표현하도록, 예를 들어 내가 느끼는 것이 진짜 통증인지, 아니면 그저 불쾌한 느낌인지, 혹은 통증이 올 것 같은 불안감인지를 구분하도록 했다. 그녀는 매우 똑똑하고 의지가 있어 나의 치료에 다행히 잘 따라와주었다. 6개월 넘게 병원에 입원해 있으면서 죽을 날만 기다리던 그녀는 결국 가족과 함께 집으로 퇴원할 수 있었다. 한 달 뒤 외래에서 만난 그녀는 전보다 약간은 더 수척해졌지만, 더 이상 주사를 찾지 않았다.

"아프기는 하지만 견딜 만해졌어요. 아플 때마다 전에 주신 약을 조금씩 먹으면서 지내고 있어요. 힘들기는 한데, 얼마 전에는 아들한테 밥을 차려주기도 했답니다."

나는 진심으로 축하한다고, 정말로 잘했다고 말해주었다.

그렇게 진료를 마친 뒤 얼마 지나지 않아, 그녀의 남동생이 나를 다시 찾아왔다.

"누나의 통증이 심해졌어요. 밤마다 끙끙 앓는데 도무지

병원 갈 생각을 안 해요. 이렇게 병원을 안 가도 되나요? 정말
저러다가 갑자기 숨이 끊어질까 봐 걱정돼요. 이 병원이 멀어
서 집 근처 병원에라도 입원해서 치료를 하자고 했는데, 누나
가 이 병원 아니면 입원 안 하겠다고 합니다."

　　나는 남동생에게 환자의 뜻을 존중해줄 것을 이야기했
다. 그리고 그녀의 우직스러운 고집에 대해 나의 조언을 전해
줄 것을 부탁했다. 병원에 입원하면 다시는 퇴원하지 못하고
병원에서 죽음을 맞이할까 두려운 마음에 치료를 받지 않으려
는 것이라면, 그런 걱정을 할 단계가 아니며, 미련하게 통증을
견디지 말고 병원을 최대한 이용하라고 말이다. 언제든 병원
에 오시면 도와드리겠다고.

　　어쨌든 오늘은 그녀가 오지 않았으니, 나는 일단 집에서
최대한 견딜 수 있도록 마약성 진통제와 신경안정제, 수면유
도제 등을 처방해주었다. 남동생은 다음 외래 예약을 남기고
떠났다. 그리고 얼마 뒤 외래 예약에 오지 않은 그녀에게 전화
를 했다. 가족은 그녀가 이미 사망했다고 전했다.

　　그녀는 어떻게 죽음을 맞이했을까? 과연 그녀는 내가 생
각하는 웰다잉의 과정에 있었을까? 나는 그녀가 가족과 몇 번
의 식사라도 더 하길 바랐다. 그녀가 가족과 지인들에게 작별
인사를 잘했을지 궁금하다.

처음이자 마지막 진료

▶

하반신이 마비된 53세 여자 환자가 이송용 침대에 누운 채로 보호자들과 함께 나를 찾아왔다.

수많은 환자와 보호자가 오고 가는 복잡한 외래 한구석에서 앙상한 팔과 다리를 드러낸 채 멍하지만 크고 맑은 눈으로 쳐다보던 그녀를 그렇게 처음 만나게 되었다.

그녀는 1년 전 진행성 위암을 진단받고 위 절제 수술을 받았다. 불행하게도 수술 후 검사 결과는 좋지 못했다. 이미 암은 위벽을 뚫고 복강 안으로 퍼져, 주변 임파선으로 광범위하게 전이되었다.

이후 환자는 폴폭스FOLFOX라는 복합 항암 요법으로 치료를 받았다.

치료를 위해 환자는 앞가슴 피부 밑에 케모포트라는 중심정맥주사관 삽입을 한 뒤, 2일간 항암 주사를 맞고 12일간 쉬는 일정으로 항암 치료를 받았다. 폴폭스 복합 항암 요법은 폴리닉산, 옥살리플라틴, 5에프유5-FU 라는 세 개의 주사 치료로 구성되어 있는데, 이 중 5에프유는 2일에 걸쳐 주사를 맞는다. 대부분 환자의 경우 입원해서 주사를 맞기보다는 외래에서 일회용 펌프를 이용해 주사를 맞는다. 항암 치료가 결정되면 외래 주사실에서 두세 시간에 걸쳐 폴리닉산과 옥살리플라틴을 주사 맞고, 펌프 안에 담긴 5에프유를 케모포트에 연결한 채 집으로 돌아가게 된다. 이후에는 동네 병원에서 케모포트에 연결된 펌프를 제거한다. 이 과정을 보통 한 주기라고 하는데, 이 환자는 6주기 째에 항암 치료가 중단되었다.

반복되는 항암 치료 속에서 그녀는 식욕 부진에 더해 울렁거림을 수시로 느꼈다. 그렇지 않아도 위가 없던 몸에 영양 공급도 제대로 되지 않았고 전신 쇠약과 심한 영양실조 때문에 결국 항암 치료를 중단할 수밖에 없었다. 사실 그녀는 임 말기였다. 위 절제 수술 뒤, 가족들은 담당 집도의에게서 복강 내 체액 분석 결과 암세포가 발견되었고 이후 시행되는 항암 치료는 완치 목적이 아닌 고식적 치료라는 사실을 전해 들었지만 환자가 충격을 받을까 봐 사실을 말하지 못했다. 환자에게는 그저 '나아지고 있다' '좋아지고 있다'라는 말만 해주었다. 가족들은 환자에게 현재 상태를 비밀로 해주기를 의료진에게 부탁했고 그녀에게는 하얀 거짓말로 가짜 희망을 주고 있었다.

／

항암 치료가 중단되고 얼마 지나지 않아 그녀는 극심한 복통에 시달렸다. 복강 내의 암세포가 커져서 대장을 막아버린 것이다. 소장과 대장의 다른 부위를 연결하는 우회 수술을 급하게 받았으니 수술 부위의 상저가 아물지 않고 자꾸만 고름이 새어 나왔다. 그녀는 급기야 다리까지 움직일 수 없게 되었다. 척수 줄기를 따라서 암세포가 퍼져 있었기 때문이다. 검사 결과 척수 신경 안까지 전이된 암세포가 허리 신경을 눌러서 그녀는 다리를 못 움직일 뿐만 아니라 대소변 조절도 할 수 없게 되었다.

뇌척수까지 암세포가 전이된 경우 의사는 항암 치료가 의미 없다고 판단한다. 항암 치료는 몸속 피를 타고 전신으로 퍼져 핏속 암세포의 성장을 억제하는 치료인데, 뇌나 척수는 혈액뇌 장벽blood-brain barrier이 있어서 항암제가 충분히 전달되지 않기 때문이다. 뇌나 척수에 암세포가 퍼진 경우 오마야 카테터를 통해 직접 항암제를 주입하거나, 방사선 치료, 혹은 수술적 제거를 고려한다. 하지만 그녀는 이런 치료가 불가능할 정도로 상태가 악화되어 있었다.

"치료받던 병원에서는 암세포가 척수까지 전이되어서 더 이상 해줄 치료가 없다고 했어요. 뭐라도 해주고 싶어서, 다른 방법이 있지 않을까 해서 왔습니다."

환자의 언니가 울먹이며 말했다. 그동안 그녀에게 거짓말을 해왔지만 더는 해줄 것이 없다는 담당 의사의 말에 남편을 비롯하여 언니들이 환자를 데리고 부랴부랴 나를 찾아온 것이다. 당시 나는 전이성 척추암 환자라고 해도 치료를 포기하지 말아야 한다고 이야기하고 다녔기 때문에, 나의 의견에 지푸라기라도 잡는 심정으로 서울에서 먼 이쪽 병원까지 힘들게 찾아온 것이다.

구급차의 이송용 침대에서 그녀는 남편과 언니들에게 화를 냈다고 한다.

"왜 힘들게 여기까지 오는 거야? 다 나았다고 하지 않았어? 좋아지고 있다며. 그런데 왜 다리는 못 움직이는데. 도대체 소변줄을 언제까지 끼고 있어야 하는 거야?"

아마 그녀도 어렴풋이 알고 있었을 것이다. 다만 그녀도 보호자들도 사실을 입 밖으로 꺼내는 것을 두려워하고 있었다. 보호자들은 환자에게 시간이 얼마 남지 않았다는 사실을 말하는 순간 환자가 치료를 포기할까 봐, 충격 받을까 봐 주저하고 있었다. 나는 망설이는 보호자들에게 말했다. 최대한 빠른 시일 내에 환자에게 있는 그대로 사실을 이야기해주는 것이 좋겠다고. 설사 환자가 모든 치료를 거부한다고 하더라도 그 또한 환자의 뜻이며 자기 몸에 대해 자기 결정권을 행사하는 것이라고.

자신이 말기 암인데, 남은 삶이 얼마 되지 않는데 나의 죽음을 나 혼자만 모르고 있다면 환자는 어떤 기분이 들까. 내 몸이 어떻게 살아 있고 죽어가는 건지 알 수 없어 불안할 것이다. 곁을 지켜온 보호자들을 불신하고 그들에게 분노, 혹은 실망을 느낄 것이다.

죽음은 벅찬 선고이다. 사랑하는 사람과의 좋았던 시간을 뒤로 하고 다가올 이별을 직면하는 것은 그 누구에게도 쉬운 일이 아니다. 환자가 지치지 않고 조금 더 버티어주기를 바라는 보호자의 마음도 이해한다. 그러나 삶과 죽음의 경계에 선 당사자인 환자 본인이 그 자리에 선 줄도 모른다면, 그것이 정말 환자를 위하는 일일까? 환자의 마지막 순간에서 그를 빼는 것이 진정한 배려일까? 환자도 보호자도 이런 상황을 결코 원하지 않았을 것이다. 나는 가족들에게 환자가 처한 지금 상황을 이해시키는 것이 좋겠다고 말했다.

"환자가 자신의 치료를 스스로 결정할 수 있게 했으면 합니다. 저는 저에게 진료를 보는 모든 환자들이 자신의 치료에 참여할 수 있도록 설명하고 그렇게 할 수 있도록 도와드리고 있습니다. 이런 자기 결정권을 통해 환자가 남은 시간을 허투루 쓰지 않고, 결국에는 아름다운 마무리를 지을 수 있다고 생각하기 때문입니다. 혹여 환자가 치료를 받지 않는다고 해도, 남은 시간 동안 보호자들께서도 환자와 함께 좋은 추억 많이 만드시면서 마음의 상처나 앙금 없이 마지막 인사를 잘하셨으면 합니다."

보호자들은 나의 말을 이해하면서도 환자에게 직접 말하기를 주저했다. 그러면서 내게 지금의 상황을 환자에게 직접 설명해주기를 부탁했다.

침대에 누워 대기하고 있던 환자를 찾아갔다. 오늘 처음 만나는 환자였지만, 오늘은 또한 마지막 진료가 될 것이었다. 나는 지친 얼굴의 그녀에게 인사를 건넸다. 마른 손과 발, 그리고 배에 연결된 호스와 기저귀……. 그녀는 힘들었던 투병 과정을 온몸으로 보여주고 있었다. 수척한 얼굴에도 다행히 총기 어린 눈빛을 보니 그녀가 의사의 말을 잘 이해할 수 있을 거라는 생각이 들었다.

엄중한 상황에서 나는 무거운 마음으로 입을 열었다. 한편으로는, 이러한 시간을 통해 환자가 남은 시간의 주인이 되어 자기 삶을 살기를 바랐다. 수많은 사람들이 오가는 외래에서, 시간을 들여 차분히 지금의 상황을 설명해주었다.

이야기를 듣고 나서 그녀는 이미 알고 있었다는 듯 차분하게 자신이 얼마나 살 수 있는지를 물었다. 그러고서 나지막이 덧붙였다.

"집으로 가고 싶어요."

그녀의 선택을 두고 누군가는 마지막까지 치료에 최선을 다해야 하는 것 아니냐고 비난할 수도 있다. 하지만 그녀는 결정했고 이제 자신에게 남은 시간을 자기 의지대로 쓸 수 있을 것이다.

자신의 의지대로 남은 삶을 살 수 있다는 것은 (설사 그 과정이 고되고 지난할지라도) 축복이라고 생각한다. 갑작스런 뇌출혈로 순식간에 식물인간이 되어 콧줄을 넣고 목에 구멍을 낸 채로 다른 사람의 도움이 없이는 단 하루도 살 수 없는 환자들을 마주하다 보면 치료의 자기 결정권이 중요하게 느껴진다.

죽고 싶다고 해서 숨이 참아지지 않는 것처럼, 오롯이 내

의지로 죽음을 선택하기는 어렵다. 하지만 인간으로서 최소한 죽음의 **과정**은 선택할 수 있다고 믿는다.

곁을 지켜주는 일

◖

43세 여자 환자가 응급실로 실려 왔다. 늘 일어나던 아침 시간에 의식이 깨어나지 않았다고 한다. 환자의 상태는 그리 좋지 않았다. 눈은 동공 반사 없이 크게 확장되어 있었고, 팔다리는 움직이지 않았으며 의식마저 없었다. 불규칙적으로 가쁘게 숨을 쉬었고, 수축기 혈압이 200mmHg에 달했다. 응급으로 시행한 두부 컴퓨터 단층 촬영에서는 비교적 많은 양의 뇌교 출혈이 확인되었다.

'뇌의 다리'라고 불리는 뇌교는 뇌신경과 척수신경을 연결해주는 중간 교통로이다. 이곳에는 여러 신경섬유와 신경핵이 있다. 우리 머리에서 가장 깊은 곳에 있는 뇌교는 의식이

나 호흡 같은 기본적인 생명 활동을 제어한다. 이 부위에 뇌출혈이 발생하는 경우, 단시간 내에 급성 호흡 마비와 사지 마비가 일어나고, 여러 신경핵이 손상되어 예후가 좋지 않다. 대부분 지방유리질증과 미세동맥류에 의한 고혈압성 뇌출혈로 발생한다. 병변이 깊어, 수술을 해 얻는 이득이 크지 않기 때문에 대부분의 뇌교 출혈은 약물 치료를 먼저 한다. 치료는 추가적인 출혈과 뇌의 이차 손상을 막는 것을 목적으로 한다.

환자는 중환자실로 입원했다. 혈관을 통해 지혈제와 뇌압을 낮추는 약물이 투여되었고, 동시에 추가 출혈을 막기 위해 혈압을 낮추는 치료가 시행되었다. 뇌교 출혈은 특성상 다른 부위의 출혈과는 다르게 호흡부전이 동반되는 경우가 많기 때문에 조기에 기관절개술도 시행되었다. 입으로 넣어둔 호흡관을 제거하고, 목에 구멍을 내어 호흡관을 넣어주는 것으로, 후두 부종과 흡인의 위험을 낮추어 폐 관리를 용이하게 한다.

환자는 적극적인 치료와 적절한 관리로, 중환자실로 입원한 지 4주 정도가 지나 다행히 의식을 되찾았다. 그러나 호흡만은 회복되지 않았다. 인공호흡기의 도움이 없이는 그녀는 숨을 쉬지 않았다. 뇌교 손상으로 인해 무의식적으로 호흡이 이루어지지 않기 때문이었다. 그녀가 인공호흡기 없이 숨을 쉴 수 있게 된 것은 중환자실에서 치료받은 지 2개월이 지나서였다.

　중환자실에서 일반 병실로 옮겨 간 환자는 남편의 지극한 간호를 받았다. 그녀는 여전히 목에 구멍이 뚫려 있고, 스스로 가래를 잘 뱉어내지 못해 남편이 간호사에게 배워서 가래를 흡인기로 손수 뽑아주었다. 남편은 매일 기저귀를 갈아주었고, 때가 되면 목욕도 시켜주었고, 아직 스스로 몸을 가누지 못하는 그녀를 휠체어에 태워 매일 운동을 시켰다.

　재활 치료에 들어간 그녀는 안구 운동에 장애가 있어 복시가 심했고, 그로 인해 어지럼증이 생기면서 머리를 움직이면 토를 했다. 양측 팔다리는 완전 마비는 아니었지만, 미세 동작은 불가능한 상태였으며, 스스로 원하는 대로 움직이지 못했다. 그녀는 의식이 조금씩 선명해지면서 운동을 거부하기도 했고, 우는 날이 많아졌다. 그녀도 조금씩 자신이 처한 현실에 눈을 떴으리라.

　　　／

　현대 의학으로 아직까지는 신경을 재생할 수 있는 치료는 없다. 출혈이나 부종으로 손상된 신경은 회복되지 않는다. 단지 뇌가 스스로 신경 회로를 바꾸는 신경가소성neuroplasticity

때문에 신경세포가 새로운 시냅스 연결을 형성하며 손상된 신경을 보완해줄 뿐이며, 그 능력은 제한적이다. 그럼에도 적극적인 재활 치료는 손상된 신경세포의 시냅스 형성을 촉진해, 결국 일상생활이 가능할 수준으로 신경학적 회복을 돕는다. 이렇게 길고 힘든 재활 과정에서 가장 중요한 조건이 환자 곁에서 보호자가 지치지 않고 버텨주는 것이다.

환자의 남편은 말 그대로 아내에게 지극정성이었다. 중환자실에서 치료하던 중 환자에게 폐렴이 생기거나, 환자가 숨을 못 쉰다거나 하는 안 좋은 소식이 있을 때면 남편은 항상 울음을 터뜨렸다. 중환자실로 매일 출근했으며, 매일 면담을 청해 아내의 상태를 물었다. 그는 늘 아내의 곁에 함께했고 그야말로 환자의 상태에 일희일비했다. 나는 최선을 다하는 그의 모습에 내심 걱정이 되기 시작했다. 수많은 뇌출혈 환자의 보호자들을 경험한 나에게 그의 모습은 '오버 페이스'였기 때문이다. 보호자가 육체적, 정신적으로 소모되면 결국 환자에게 좋지 않을 것이기에 그를 따로 불러 이야기했다.

"환자분이 앓고 있는 병은 단기간에 해결될 문제가 아닙니다. 길게 보셔야 합니다. 혹시 '지금 이 순간, 지금 이때에 내가 최선을 다하면 환자가 금방 걷고 이전처럼 지낼 수 있을 거야'라는 기대를 하고 계시다면 틀렸습니다. 그런 순간은 오지 않습니다."

　　그런 보호자들이 있다. 자신이 노력하는 만큼 환자가 더 회복할 수 있을 거라고 기대하는 이들이다. 희망하고 믿는 만큼 최선을 다하면 더 좋아질 거라고 생각하는 사람들. 하지만 매일 온 힘을 다해 달리다 보면 누구든 지칠 수밖에 없다. 돌보는 사람의 노력에 환자는 조금씩 나아지지만, 그 변화는 대체로 미미하고 때로는 요동을 쳐서 되려 나빠지는 것처럼 보이기도 한다. 결국 보답받지 못하는, 때로는 무의미해 보이는 노력에 환자는 재활의 의지를 잃고 보호자는 현실을 외면한다. 이러한 오버 페이스의 끝에는 대체로 환자 홀로 남아 있다.

　　"하지만 그때야말로 환자 옆에는 남편분이 필요합니다. 환자의 변치 않는 상태에 실망해서 금방 포기하고 싶고, 가끔은 고꾸라져 도망가버리고 싶을 때도 있겠지만, 미래에 그 자리에는 보호자분이 계실 겁니다. 남편분께는 그녀를 위해 체력뿐만 아니라 마음의 단단함도 챙기셔야 합니다."

　　조그마한 긍정적인 말을 기대하는 듯한 보호자의 얼굴을 보며 나는 덧붙였다.

　　"부디 지치지 않으셨으면 합니다."

　　그 뒤 환자는 재활 전문 병원으로 전원을 갔다. 그녀의 상태를 점검하기 위해 퇴원 후 6개월 뒤 외래에서 그들을 만났

을 때, 그녀의 곁에는 역시 남편이 있었다. 그는 조금 지치기는
했지만, 여전히 밝은 미소로 곁을 지켰다.

그는 아내가 전보다 많이 나아졌다며, 몸을 조금씩 가눌
수도 있게 되었다며 기뻐했다. 그러고는 기관절개된 목의 구
멍을 막는 연습을 하면서 이전과 다르게 목소리도 낼 수 있게
되었다며 고마워했다. 그는 아내를 간병하는 내내 건강하던
시절 아내의 목소리를 되새기고 또 되새겼을 것이다.

나는 그가 여전히 희망을 잃지 않았다는 것에 경이를 느
꼈다. 그리고 그들의 단단함을 몰랐던 나에게 부끄러웠다. 나
는 그들에게 희망을 말하지 않았다. 되려 전과 같을 수 없을
것이라고 했다. 억센 병 앞에 고되고 더딘 시간만이 있을 것이
고, 그저 그들이 마음을 강하게 먹기만을 바랐다. 희망은 온전
히 단단하게 발 디딘 다음에야 비로소 펼쳐지는 것이기 때문
이다. 나는 이렇게 말할 수밖에 없었다. 제가 한 것은 없다고.
이 모든 것은 환자분의 재활에 대한 의지와, 옆에서 항상 든든
하게 버텨준 남편분이 계셨기에 가능한 것이라고.

"저의 경험상, 환자분처럼 강인한 의지를 품는 경우가 흔
치 않습니다. 남편분처럼 지치지 않고 항상 지지하고 곁을 지
켜주는 경우도 많지 않습니다. 두 분께서는 충분히 자부심을
가지셔도 됩니다."

죽고 싶었을 것이다. 진료를 마치고 함께 자리를 뜨는 부부의 모습을 보며 나는 생각했다.

43세라는 젊은 나이에 내 몸 하나 스스로 가누지 못하는데 더 이상 살아서 무엇 하며, 삶의 이유가 무엇인지를 그녀는 끊임없이 자문했을 것이다. 그녀의 남편 또한 번민했을 것이다. 모두가 자는 새벽녘에 가래로 숨을 그렁대는 아내를 보고 지친 몸을 일으켜 흡인기로 가래를 뽑아내면서 그는 생각했을 것이다. 차라리 가래를 뽑지 않으면 아내가 편안하게 죽을 수 있지 않을까? 매일 아내의 대소변을 받아내면서 지치고 힘들어 도망가고 싶은 순간도 있었을 것이다. 그러나 그들은 그러지 않았다. 다시 6개월이 지나 1년 뒤에 만난 부부는 여전히 삶에 감사하고 약간의 호전에도 기뻐하며 하루하루를 의미 있게 살아가고 있었다.

얼마 뒤 나는 그들에게 집에서 멀리 있는 이 병원에 너 이상 찾아오지 않아도 된다고 설명했다. 대부분 급성기 치료가 끝나고 나면 이후에는 재활 치료가 중요해지며, 그 과정에서 생기는 여러 질병에 대해 주기적인 관리가 필요하다. 하지만 그러한 관리가 반드시 이곳에서 이뤄져야 하는 것도 아니며, 무엇보다 그들의 수고로움을 덜어주고 싶었다.

앞으로도 힘든 일이 많겠지만 지금처럼 두 사람이 같이

헤쳐 나간다면 분명 이 현실을 해결할 수 있을 거라 믿는다고
도 말했다. 그리고 그들을 마음 깊이 진심으로 축복해주었다.

병원에서 드물지만 가끔 이런 이들을 만난다. 인간이라
는 한계로 인해 맞닥뜨린, 쉽게 버텨낼 수 없는 투병의 순간을
단단하게 지나는 이들을 보면 부정적인 생각을 한 나 자신이
부끄러워진다. 한편으로는 그들의 의지를 일으키는 원동력이
무엇일까 생각하게 된다. 동정일까, 연민일까, 행동의 관성일
까, 아니면 역시 사랑일까.

그들은 또한 내게 행복한 죽음의 의미를 새롭게 그려보
게 한다. '잘 사는 것이 잘 죽는 것'이라는 나의 오랜 명제에 비
추어 봤을 때, 서로에게 기대어 오늘 하루를 열심히 살아가는
두 사람의 모습이야말로 이미 행복한 삶, 그리고 행복한 죽음
을 써나가는 삶이 아닐까 하고 말이다.

최고의 순간

▶

"이제 앞으로 어떻게 되나요?"

진료실에서 만난 환자는 불안한 표정으로 물었다.

나는 그에게 전이암은 완치되기 어렵다, 지금 상태가 좋다고 해도 언제 어디서 다시 나빠질지 모르는 것이 전이암이다, 내일을 보지 말고 오늘을 살았으면 좋겠다고 말했다.

그는 63세 남자 신장암 환자였다. 어느 날 갑자기 왼쪽 팔다리의 움직임이 부자연스러워져서 병원을 찾아왔다.

"왼쪽 팔다리에 힘이 가끔씩 안 들어갈 때가 있어요. 괜찮을 때도 있는데, 내 팔다리가 아닌 것 같아요. 걸을 때 왼쪽으로 기울어지면서 휘청거릴 때가 있고, 왼쪽 팔다리에 감각이 조금 무디네요. 먹먹하다고 해야 할까, 하여간 어딘지 모르게 불편해요."

그는 5년 전 우연히 신장암이 발견되어 한쪽 콩팥을 제거한 뒤 지금까지 특별한 이상이 없이 지내오던 중이었다.

검사 결과 암은 뇌로 전이되어 있었다. 전이암 주변으로 심한 부종이 동반되었고, 부종이 주변의 뇌신경을 누르면서 왼쪽 팔다리의 부분 마비가 온 것이다. 이후 환자는 종양제거술을 받았지만 심한 부종과 출혈 때문에 종양은 완전히 제거되지 않았다. 남은 종양에는 방사선 치료를 받았으나, 치료가 끝나고 난 뒤 1개월 뒤 뇌 MRI를 통해 암이 다시 커진 것이 확인됐다.

/

신장암은 진행이 비교적 느린 암이다. 조기에 발견된 신장암의 경우 제거 수술로 완치를 기대하기도 하지만 뇌 전이가 되면 예후는 좋지 못하다. 폐암, 유방암 다음으로 뇌로 전이가 잘 되는 신장암은 방사선 치료도 잘 듣지 않으며 피도 잘나기 때문에 뇌출혈이 잘 생긴다. 진단 후 1년까지 살아 있을확률이 15%이며, 평균 생존 기간은 8개월에 불과하다.

불안해하는 환자에게 나는 말했다.

"치료 후 종양 주변의 부종은 줄었습니다. 하지만 남아 있던 종양의 크기가 다시 커졌습니다. 방사선에 의해 일시적으로 커진 것인지, 아니면 정말로 종양이 커진 것인지는 아직은 판단하기 어렵습니다. 불안하시더라도 일단 한 달 뒤에 검사를 다시 하는 것이 좋겠습니다."

"아니, 그렇다면 일을 못하나요? 나는 몸이 좋아져서 금방 다시 일을 할 줄 알았어요. 지금은 아무렇지도 않고요. 정말 나빠진 게 맞나요?"

겉으로 보기에 암 환자처럼 보이지 않는, 다부지고 건장한 체형의 환자는 내 말에 실망한 기색을 보이며 재차 물었다. 되려 내가 당황했다.

내가 그동안 만나왔던 대부분의 뇌 전이암 환자들은 암이 뇌로 퍼졌다는 이야기를 듣고 나면 마음의 준비를 하곤 했다. 뇌 전이암은 전체 암 환자의 20~30%에서 발생하고 대부분 오래 살지 못한다. 원발암의 종류와 치료 결과에 따라 조금씩 다르지만 여명이 3~7개월 정도이며, 진단 후 1년째에 살아 있을 확률이 9~16%로 알려져 있다. 일반적인 뇌 전이암 환자는 원발암이 손쓸 수 없을 정도로 악화된 경우가 많고 그에 따라 전신의 건강 상태가 좋지 않다.

하지만 이 환자는 전신 상태가 무척 좋았다. 다른 이상 증상이 없었기에 환자는 자신의 상태를 금방이라도 나을 수 있는 감기 정도로 생각하고 있었다. 신경학적 장애도 없었고, 평소 일을 하며 건강하게 지내왔던 터라 지금의 상황을 받아들이기 더 어려운 것 같았다. 하지만 뇌내의 전이 상태를 고려할 때 장밋빛 미래를 그리기는 어려웠다.

늘 그렇듯 환자들의 시간은 충분하지 않다. 전이암 환자의 경우는 더욱 그렇다. 전이암 환자의 시간이 얼마나 빨리 흐를지 알지 못하는 그에게 이렇게 말했다.

"오늘이 내 최고의 날입니다. 오늘보다 더 좋은 날은 내일 없고요. 오늘 당장 나를 위한 것을 하셨으면 해요."

곁에 있던 그의 부인이 착잡한 얼굴로 답했다.

"이 사람이 한평생 일만 하던 사람이라 쉴 줄을 몰라요. 막상 시간이 주어지면 불안해서 어쩔 줄 모르는 사람이에요. 준비하라는 말을 들으니 어떻게 해야 할지 모르겠나 봐요."

생각과는 다른 병세에 근심하는 그에게 나는 신장암이 원래 진행이 느린 암이지만, 뇌로 선이가 된 싱태에서는 예후가 좋지 못할 수 있음을 다시금 설명했다. 우리는 매일매일 죽음을 향해 가고, 살아 있는 지금이 우리의 최고의 순간이다. 저물어가는 생의 마지막이 눈앞에 다다를 듯하다면, 다 덜어내고 우리에게 가장 중요한 것이 뭘까? 생의 최고의 순간에 우리 각자는 무엇을 할 것인가.

"저는 인생의 목표가 내일 당장 죽더라도 후회 없는 삶을 사는 거예요. 환자분께서도 당장 후회 없는 일을 하시기를 바랍니다. 하지 않았어야 하는 후회보다는, 했어야 했던 일에 대한 후회가 더 크게 남는다고 하잖아요. 내일은, 언젠가 했어야 했던 일을 해보시는 것은 어떨까요?"

병원에서 생사의 경계에 선 환자들을 만나며 나의 삶을 되돌아보곤 한다. 내일 당장 죽더라도 후회 없는 삶을 살고 있는가. 나는 충분히 **내 삶**을 살고 있는가. 나는 죽음에 준비되었는가. 죽음을 마주한 이들과 같이 걸어가다 보면, 그들에게 도움을 줄 수 있는 이 순간이 바로 내 최고의 순간이 아닌가 싶다.

니는 평생 일민 해온 환자를 위해 그가 직장으로 복귀할 수 있도록 소견서를 써주었다. 생각해보면 일을 할 때야 말로 그에게는 인생 최고의 순간일 테니 말이다.

우리 각자의 인생에서 최고의 순간은 어떤 순간일까? 헤아릴 수 있을 만큼 짧은 시간이 남았다면 우리는 무엇을 하다가 어떤 모습으로 죽을 수 있을까?

2부
살아 있는 날의 죽음 준비

진료실 문을 나서는 보호자를 두고 이런 생각을 해본다.
의사는 걱정인형일지도 모른다고.
생물학적 인간으로서 어찌할 수 없는 노화라는 질병 앞의 환자,
그리고 조금씩 나빠져가는 환자를 옆에 두고
두려움과 죄책감에 빠지는 보호자들에게,
의사는 그들이 조금 더 나은 선택을 할 수 있도록,
그리고 감정의 늪에서 빠져나올 수 있도록
그들의 고민을 안고 가는 존재인지도 모르겠다.

더는 약을 먹을 수 없는 그녀에게

긴 생머리의 53세 여자 환자가 파킨슨병으로 남편과 함께 외래를 찾아왔다. 4년 전 다른 병원에서 이미 파킨슨병을 진단받고 약물 치료를 받아왔으나, 차도가 없이 점점 더 급격히 나빠진다고 했다. 이미 국내의 내로라하는 여러 병원을 다녀봤지만 별다른 효과가 없어 기존에 처방받던 약이나 받을 요량으로 나에게 찾아온 것이다. 젊었을 적 무척이나 예뻤을 환자의 얼굴은 급격히 진행된 파킨슨병 증상으로 인해 한껏 일그러져 있었다. 온몸이 마비와 강직으로 오그라들어 고개를 바로 들지 못했으며, 말도 잘 하지 못하는 채 가냘픈 몸을 휠체어에 겨우 기대고 있었다. 보호자인 남편이 내민 처방전을 보니 그녀는 용량을 달리해서 하루에 여덟 번 파킨슨 약을 복용했고, 그 외에도 진통제, 신경통 약, 혈전방지제 등의 약을 포함해서 열 가지가 넘는 약을 먹고 있었다. 안타까운 마음에 나는 그녀와 그 남편에게 물었다.

"약을 먹으면 조금은 나아지는 것 같나요?"

일반적으로 후기 파킨슨병이 되면 체내 도파민의 변동성이 커져서 파킨슨 약의 효과를 예측할 수 없게 되기 때문에, 경우에 따라 약을 여러 번 나누어 복용하기도 한다. 문제는 병이 더 진행되면 약을 삼키기조차 어려워진다는 것이다. 그녀는 물도 넘기기 어려운 목 상태로 하루에 여덟 번씩, 열 가지가 넘는 약을 힘들게 넘기고 있었을 것이다. 그러한 사정을 알기에 나는 기도하는 마음으로, 조금이라도 차도가 있는지를 묻지 않을 수 없었다. 당연하게도 그녀는 아니라고, 약을 먹어도 점점 더 심해지는 것 같다고 했다. 그래서 나는 그들에게 한 가지 제안을 했다.

"파킨슨 약을 먹지 않는 것은 어떨까요?"

효과가 확실하지 않은 파킨슨 약을 하루 여덟 번 힘들게 복용하느니, 차라리 마약성 진통제나 바클로펜 같은 강력한 근육이완제를 써서 현재의 불편함을 해결하는 것에 집중하자고 했다. 오랜 약물 치료에 지친 그들은 내 의견에 동의했다.

많은 의사들을 만나봤지만 병이 아닌 환자를 보려고 한 의사는 처음이라고도 했다.

의사의 선택이 항상 옳을 수는 없다. 의사는 그저 환자보다, 그와 비슷한 병을 앓고 있는 사람을 많이 만나봤고 그들을 치료하면서 확률적 지식을 더 많이 알게 되었을 뿐이다. 의사에게 병은 확률이지만, 환자에게는 인생이고 생활이다. 대부분 의사는 확률로 치료하기 때문에 이 환자에게 약을 끊어보자는 제안을 쉽사리 할 수 없었을 것이다.

이 환자나 보호자의 입장에서 국내의 수많은 유명한 병원을 돌아다니며 도움이 될 만한 모든 치료는 다 해봤지만, 급격히 안 좋아지는 상태에서 의사가 약을 안 먹어도 된다고 하니 얼마나 좋았을까(완치된다는 뜻은 아니지만).

　/

나는 먹는 약을 하루 세 번으로 줄이면서 증상에만 초점을 맞춰 약을 변경했다. 급격히 진행되는 파킨슨 증상으로 인해 환자의 몸과 마음은 피폐해졌고, 그녀를 돌보는 여동생과 남편은 지쳐갔다. 그들을 위해 나는 환자의 증상을 주의 깊게 관찰하여 조금이라도 도움이 될 수 있는 약을 쓰고, 효과가 없으면 그때마다 빠르게 약을 바꾸었다. 한편으로 지쳐 있는 보호자에게는 환자의 죽음에 대한 마음의 준비, 그리고 작별 인사를 할 수 있는 시간을 보내면 좋겠다고 이야기했다.

"언니가 하루 종일 핸드폰만 쳐다봐요. 입에서 침이 흐르는지도 모르고, 고개도 들지 못하면서요. 밤에도 안 자고 자기 몸을 혹사시키네요. 답답해 죽겠어요."

여동생은 언니가 하루 종일 핸드폰만 본다며 안타까워하면서 하소연을 했다. 어쩌면 이런 이야기를 들어주는 것도 의사가 도울 수 있는 몫일 것이다. 나는 여동생에게, 손가락만 겨우 움직일 수 있는 환자의 낙이 무엇이 있겠느냐, 저렇게 움직이고 보는 것도 지금뿐일 수 있다, 서로 좋은 말만 하면서 시간을 보내기에도 모자르니 부디 언니의 감정과 상황을 헤아려주라고 말해주었다.

어느 날 더욱 마르고 굳어진 몸을 휠체어에 기대어 힘들게 진료실로 들어온 환자가 힘들게 말했다.

"온몸이 너무 아파요. 어서 빨리 끝났으면 좋겠어요."

그 뒤로도 2년의 시간이 더 흘렀다. 그동안 흡인성 폐렴에 의한 패혈증으로 입원 치료를 반복하는 등 우여곡절도 많았지만, 환자는 여동생과 남편의 돌봄을 받으며 주로 집에서 시간을 보냈다. 보호자들은 콧줄로 식사와 약을 챙겨주었고,

환자의 변비가 심해지자 손가락으로 변을 파내는 등 지극정성으로 간호를 했다. 그럼에도 결국 머리와 귀에 욕창이 생겼지만 그들은 자책을 하면서도 더욱 열심히 환자를 돌봤다.

얼마 후 여동생은 언니의 죽음을 내게 알렸다. 언니가 너무나 예쁘게 자는 듯이 죽었다며, 그동안 너무 감사했다고 했다. 살던 곳에서 나이 들고 죽기. 모두가 집에서 죽고 싶어 한다. 환자의 죽음을 전해 들으면서 나는 그녀가 잘 떠난 것일까 생각해보았다.

약의 효과가 없음을 받아들이고, 힘든 몸으로 어렵게 약을 먹으니 더는 그런 식의 치료를 이어가지 않겠다고 마음먹고, 가족들의 돌봄에 몸을 맡기다 '예쁘게' 눈을 감는 것. 쉽지 않은 결정과 과정이었을 터다. 파킨슨병이 진행되며 그녀는 자신의 몸이 어떻게 변해갈지 공부하고, 어떤 식으로도 병을 돌이킬 수 없다는 사실을 이해했을 것이다. 지치지 않고 시지하고 도와주는 보호자들이 있어서 가능한 결정이었겠지만, 환자는 죽음이 다가오고 있다는 사실을 받아들이고 쉼을 택했다.

세상에 다양한 사람이 있는 만큼 다양한 삶의 마무리가 있으며, 마찬가지로 어떻게 죽는 것이 잘 죽는 것인지 그 기준은 사람마다 다르다. 그러나 매일매일 차차 나빠지는 몸의 한계에 적응하며 할 수 있는 작은 것들을 즐기다가 떠나간 그녀를 보면, 나는 그녀가 그 나름의 웰다잉에 가깝게 다가간 것이 아닐까 생각해본다.

살던 곳에서 나이 들고 죽기

❱

신장암을 앓는 60대 남자가 암을 치료하던 중 뇌로 전이가 되었다. 뇌종양 제기 수술을 받았지만, 피가 많이 나는 신장암의 특성상 수술 후 뇌출혈이 생겼다. 그 후에도 뇌출혈이 지혈이 되지 않아 두 차례의 수술을 받고서야 출혈을 멈출 수 있었다. 수술 전 심한 두통과 약간의 마비 증상만을 보였던 그는, 수술 후 머리의 반쪽이 없어진 채로 의식 없이 중환자실 침대에 누워 인공호흡기에 기대어 가냘프게 숨을 이어갔다.

그렇게 생사를 오가던 끝에 환자는 한 달이 지나서야 의식을 되찾았다. 기적적으로 의식을 되찾은 그는 면회를 온 딸이 보여주는 손자 사진에 눈물을 흘렸다. 그리고는 잘 나오지 않는 목소리를 억지로 쥐어짜내 힘겹게 말했다.

"집, 집에 가자."

우리가 삶의 마지막을 보내고 싶은 곳은 어디일까? 사랑하는 가족과 함께 있을 수 있는 익숙하고 편안한 장소. 옆 환자의 고함을 듣지 않아도 되며, 의료 기기의 시끄러운 알람 소리도 없고, 의료진의 잔소리를 듣지 않아도 되는 곳. 온전히 나로서 나답게 있을 수 있는 곳. 바로 집이다.

하지만 지난 10년간 요양병원이 급증하면서 고령층의 재택 임종은 줄어든 반면 의료기관 임종은 증가했다. 2020년 기준 의료기관에서 사망한 비율은 77%로 사망자의 대다수가 병원에서 죽음을 맞이했다. 이렇게 병원에서 죽음을 맞이하는 것이 진정 사람들이 원하는 것일까? 그런 것 같지는 않다. 2016년 국민건강보험공단에서 발표한 논문•에서는 가장 원하는 임종 장소로 응답자의 57.2%가 집을 선택했다.

문제는 재택 임종을 선택하면서 맞는 현실이다. 사망자가 집에서 숨을 거두게 되면 소방서 119 구급대가 아닌 경찰서에 연락을 해야 한다. 구급대는 살아날 가능성이 있는 환자

• 최정규, 태윤희, 최영순.(2015). "가정호스피스 완화의료 제도 도입을 위한 국민 인식도 조사". 「Journal of Hospice and Palliative Care」, 18(3), 219~226.

를 병원까지 이송해주는 곳이지 이미 죽은 사람을 이송하지는 않기 때문이다. 환자가 사망했다면 경찰이 와 사체 검안을 할 때까지 시신을 이송하면 안 된다. 타살의 가능성을 확인하는 것이다. 형사의 지시로 사설 구급차를 통해 인근 병원으로 고인을 이송하면 의사가 시신을 확인한 후 사체검안서를 작성한다. 그 뒤 사체검안서를 가지고 검찰의 검사필증을 발급받아야 하는데, 고인이 노환이나 병으로 자연사했음을 법적으로 확인해주는 서류이다. 대부분의 경우 무난하게 검사필증이 나온다. 하지만 현실적으로 한밤중에 갑자기 아버지가 돌아가셨을 때 같이 계시던 어머님을 모시고 새벽에 경찰서로 가서 형사에게 고인의 죽음에 관한 정황을 설명하는 상황을 맞닥뜨리면 지금의 절차가 얼마나 불합리한지를 깨닫게 된다.

게다가 의사의 사체검안서 혹은 사망진단서가 없다면 생명보험 가입과 관련한 의혹이니 부정적인 시신으로 인해 사칫 경찰이 개입하여 유가족이 심문을 당하는 경우도 있으며 심한 경우에는 부검을 하는 상황으로 이어지기도 한다.

/

살던 곳에서 죽기. 많은 사람들이 바라는 재택 임종을 실현려면 어떤 해법이 필요할까. 집으로 의료인이 직접 방문하는 재택 의료 서비스를 활용하는 건 어떨까. 예전에는 동네 의사가 환자를 찾아가는 왕진(방문진료)이 있었다. 왕진의료는 의료 장비가 현대화되고 의료보험이 도입되면서 슬며시 사라졌다. 왕진 보수가 낮았던 이유도 있었다.

왕진의료는 2019년에 정부가 건강보험법 시행 규칙에 "질병, 부상, 출산 등으로 거동이 불편해 방문요양급여가 필요한 경우"라는 근거 조항을 달아 왕진 보수를 현실화하면서 다시금 대안으로 떠올랐다. 환자 한 명을 왕진하는 데 보통 1~2시간이 소요된다. 건강보험공단은 환자 진찰료, 왕진에 따른 이동 시간과 기회비용 등을 고려해 왕진 1회당 8~12만 원의 수가를 산정했다. 이 경우 환자는 왕진료의 30%만 부담한다. 진료를 보던 환자가 사망하면 사망진단서는 왕진 의사가 발급할 수 있다. 현행 의료법 제17조에는 "진료 중인 환자가 최종 진료 시점부터 48시간 이내에 사망한 경우에는 다시 진료하지 않더라도 진단서나 증명서를 내줄 수 있다."라고 되어 있기 때문에, 왕진 의사가 진료를 본 뒤 2일이 지나시 않았다면 재진 없이 사망진단서를 발급할 수 있다. 그렇지 않으면 왕진의사를 불러서 사체검안서를 작성해야 한다.

의사들의 생각은 어떨까? 사실 방문진료에 관한 의사의

참여는 저조하다. 방문진료를 할 경우 병원에서 환자를 진료하는 것보다 비용 손실이 발생하며, 치료 위험성도 높다. 진료 중에 문제가 발생했을 때 빠르게 대응하기가 물리적으로 불가능하다는 등의 여러 문제점 때문이다. 또한, 왕진 의사는 환자가 방문진료를 요구할 경우 진료거부권을 행사하지 못한다. 응급 상황이 아닐 때 호출될 수 있다는 현실적인 문제도 있다.

우리나라 의료법은 의료기관 내에서만 의료업을 해야 한다고 명시하고 있다. 현재의 방문진료 제도는 시범사업으로, 정부는 이를 통해 방문진료의 시행 가능성을 가늠하는 단계에 있다.

나는 환자들이 자신에게 가장 편안한 곳에서 죽음을 맞을 수 있도록, 방문진료가 지금보나 더 확산되어야 한다고 생각한다. 그리고 모든 것은 결국 사회적 논의가 이루어지고 공감대가 형성되어야만 바뀔 수 있다. 의료 현실에 대해 더 뚜렷하게 인식하고 어떤 죽음을 맞이하고 싶은지 더 구체적으로 이야기할 때 우리가 바라는 죽음의 모습도 더 가까워질 것이다.

죽을 권리

◖

두 여성이 있었다. 두 사람은 직장 동료로 친해져 같이 살게
되었으나 동거한 지 3년이 되었을 때 '피해자'가 암 진단을 받
았다. '가해자'는 피해자의 암 치료에 최선을 다했고, 그러면서
모든 경제적 책임을 지게 되었다. 그러나 암 투병 5년 후부터
피해자의 통증이 부쩍 심해졌고, '너무 아프다' '제발 죽여 달라'
고 가해자에게 수차례 부탁을 했다. 이에 가해자는 그해 겨울,
자고 있던 피해자의 얼굴을 베개로 덮어 한 차례 살인을 시도
했지만 피해자가 중간에 깨어나며 실패했다. 스스로 대소변
을 가릴 수 없는 상태로 누워서 지내던 피해자는 이후에도 줄
곧 자신을 죽여달라고 부탁했다. 유서도 적어놓았다. '언니에

게 힘든 부탁을 했다. 내가 죽여달라고 한 것이니, 언니도 피해자다.'

　10년간 한집에서 같이 살았던 가해자는 피해자에게 수면제를 먹이고 깊이 잠든 것을 확인한 뒤 피해자를 살해했다. 이후 한 달간 시신을 방치하다가 결국 경찰에 자수했다. 피해자의 유족들이 나서서 그녀의 선처를 호소했지만, 1심 재판부는 "피고인이 가족은 아니었지만, 장기간 같이 산 사람으로서 촉탁살인 외에 피해자의 고통을 덜어줄 수 있는 더 나은 방법을 찾아봤어야 했다."라며 징역 2년 6월을 선고했다. 피해자가 선처 취지의 유서를 남겼고 가해자가 자수했음에도 그런 선고를 내렸다. 이후 2심 재판부는 "피해자 유족들이 선처를 원하고, 생전에 피고인이 피해자를 잘 돌봤다는 점에서 원심이 선고한 형은 무겁다."라고 설명하며 징역 1년으로 감형했다. 형법 제252조에 따르면, 누군가의 부탁을 받거나 그 승낙을 얻어 살해한 경우 1년 이상 10년 이하의 징역에 처하게 되어 있다.

　한국에서 '죽을 권리'는 없다.

　여기서 죽을 권리는 적극적 안락사를 말한다. '아름다운 죽음'이라는 그리스어 어원을 지닌 안락사euthanasia에는 소극적, 적극적 두 가지 방식이 있다. 둘 다 회복 불가능한 상태의 불치병에 걸린 환자의 동의를 전제로 한다. 소극적 안락사는 생명을 연장하는 의료 행위를 중단하는 것을 말하는데, 이 방식은 현재 시행 중인 '연명의료결정제도'를 통해 어느 정도 사회적 합의가 이루어져 있다. 또 다른 방법인 적극적 안락사는 의사가 직접 약물을 주입하는 등의 행위를 통해 생명을 임의적으로 단축시키는 것을 말한다. 한국의 경우는 적극적 안락사에 관한 법이 없기 때문에 앞의 사례에서 이루어진 일은 불법이었고, 따라서 가해자는 처벌을 받았다.

/

'죽음의 의사Dr. Death'라고 불린 의사가 있다. 미국의 병리학 의사 잭 키보키언Jack Kevorkian은 불치병에 걸린 환자들의 '죽을 권리'를 주장하면서 1990년부터 8년간 130명 환자의 안락사에 도움을 주었고, 10여 명의 환자에게는 직접 약물을 주입하여 그들의 죽음을 도왔다. 그중 52세의 루게릭병 환자를 안락사시키는 과정이 미국 시사 프로그램에 방영되면서 키보키언은 '적극적 안락사'에 대한 뜨거운 논쟁을 불러일으켰다. 당시 종교계가 그의 행위를 살인이라고 주장했고, 키보키언은 재판 끝에 결국 살인죄로 25년 형을 선고받고 복역 중 8년 뒤 가석방되었다. 적극적 안락사에 대한 키보키언의 문제 제기는 불치병으로 고통 받는 환자와, 그 환자를 위해 또 다른 고통을 감내할 수밖에 없는 보호자들을 위한 것이었다.

생명의 존엄성 논쟁, 그리고 적극적 안락사를 허용할 경우 발생할 수 있는 여러 가지 사회적 문제에 대한 우려 때문에 적극적 안락사에 반대하는 목소리도 컸다. 그럼에도 불구하고 현재는 네덜란드, 벨기에, 룩셈부르크 등의 나라에서 적극적 안락사를, 스위스, 캐나다, 미국의 일부 주에서는 조력자살을 허용하고 있다. 적극적 안락사 문제에서 가장 진보적인 나라라고 평가받는 네덜란드의 경우 2002년부터 안락사뿐만 아니라 의사의 도움에 의한 조력자살이 허용되어 치사량의 수면제를 투여하여 자는 듯이 죽을 수 있도록 도와주는 방법(수면요법)으로 시민들의 죽을 권리를 보장하고 있다.

이러한 안락사법은 하루아침에 만들어진 것이 아니다. 네덜란드에서 안락사에 대한 사회적 합의는 수십 년 동안 시민 사회의 오랜 토론과 법적 검토를 거쳐 만들어진 것이다. 네덜란드의 안락사법은 의사가 안락사의 결정과 시행 과정을 투명하게 공개하고 절차대로 진행하여 법적으로 보호를 받고, 그 과정에서 시민 사회의 감시를 받을 것을 명시한다.

법이 시행되고 20년이 지난 2022년의 통계*에 따르면, 안락사 대상 질병 중 암이 80% 정도로 가장 높았으며, 노령에 따른 건강 문제로 인한 안락사가 뒤를 이었다. 치매 및 정신 질환으로 인한 안락사가 점차 증가하는 추세지만, 치매가 심할 경우 당사자가 판단을 번복하는 경우가 있다 보니 담당 의사가 안락사를 거부하는 사례가 있다. 한 의사는 환자가 안락사 동의를 번복했음에도 안락사를 허용하여 당국의 수사를 받기도 했다. 또한 안락사가 가장 많이 집행되는 장소는 집이었다. 2021년 기준으로 집이 82%로, 호스피스 7%와 병원의 2%보다 압도적으로 높았다. 죽을 권리가 보장된 네덜란드 사람들도 내 삶의 마지막에 있고 싶은 장소는 당연하게도 집이었다.

/

2020년 한국의 사망자 통계[**]는 77%가 병원에서, 16%가 집에서 생을 마무리했음을 보여준다. 1980년대까지만 해도 집이 아닌 곳에서 죽는 것을 객사라 하여 다들 꺼려했고 대부분

●   네덜란드 안락사 검토 위원회(Regional Euthanasia Review Committees, RTE). (2020).「Annual Report 2020」. https://english.euthanasiecommissie.nl/the-committees/documents/publications/annual-reports/2002/annual-reports/annual-reports.

●●   통계청. (2020).「2020 사망원인 통계」.

사람들이 집에서 삶의 마지막을 준비했다. 그러나 의료 기술이 발전하며 아이러니하게도 병원은 사람을 살리는 장소이자, 사람들이 가장 많이 죽음을 맞이하는 곳이 되었다. 이런 경향이 자리 잡은 결정적인 계기는 1997년 보라매병원 사건이다.

갑작스런 외상에 의한 뇌출혈로 보호자 없이 보라매병원 응급실로 실려 온 58세의 남자는 당시 의식이 없이 다량의 뇌출혈로 생명이 위독한 상태였다. 신경외과 주치의의 판단으로 응급 수술을 받았고 수술은 잘되었지만 이후 뇌부종이 심해지면서 호흡이 불안정해져 환자는 중환자실에서 집중 치료를 받았다.

그러나 수술 다음 날 보호자로 찾아온 환자의 아내는 왜 자신의 동의 없이 수술을 했냐면서 병원비를 낼 돈이 없으니 무조건 퇴원시켜달라고 주장했다. 당시 환자 상태가 무척 좋지 않아 퇴원한 경우 환자의 사망이 예상되어 병원에서는 보호자를 수차례 만류했다. 하지만 보호자의 뜻이 워낙 완강하여 '환자의 죽음에 대해 병원은 책임지지 않는다'라는 각서를 받은 뒤 환자를 퇴원시켰다. 그리고 환자는 얼마 지나지 않아 사망했다. 이후 고인의 친인척이 경찰에 부인을 신고했고, 경찰 조사 후 살인죄로 기소되어 아내는 징역 3년에 집행유예 4년을, 담당 신경외과 전문의와 전공의는 종범으로 징역 1년

6월에 집행유예 2년을 선고받았다.

이 판결 전에는 죽음을 앞둔 환자의 경우 보호자가 원한다면 '자의 퇴원 서약서'를 작성한 후 퇴원시켜주는 것이 관례였다. 하지만 보라매병원 사건 이후 모든 병원은 환자에게 소생 가능성이 없다 하더라도 집에서 임종할 수 있게 해달라는 가족들의 퇴원 요구를 모두 거절하게 되었고, 안락사에 대한 사회적 논의는 중단되었다. 병원에서 죽는 것이 법적으로나 사회적으로나 안정적이라는 분위기가 만들어지면서 의료계도 죽음에 가까운 환자들의 안락사를 이전과는 다르게 더욱 엄격하게 관리하기 시작했다. 그러다 2008년 '세브란스병원 김 할머니 사건'으로 인해 안락사 논의는 또 한 번 새로운 전환을 맞는다.

76세의 김 할머니는 당시 폐암이 의심된다고 해서 신촌 세브란스병원에서 기관지 내시경을 이용한 조직검사를 받았다. 그러던 중 과다 출혈로 인해 심정지가 발생했다. 심폐소생술이 시행되었으나 이미 저산소성 뇌 손상을 입어 중환자실로 이송되었고, 이후 식물인간 상태로 인공호흡기 치료를 받았다.

환자의 자녀들은 "환자의 연명치료는 건강을 증진시키는 것이 아니라 생명의 징후만을 단순히 연장하는 것에 불과하기에 의학적으로 의미가 없다. 또한 환자가 평소에 무의미한 생명 연장을 거부하고 자연스럽게 죽고 싶다고 밝혔다."라고 주장하면서 환자에 대한 치료를 중단해줄 것을 요청했다. 하지만 보라매병원 사건이 남긴 트라우마로 인해 안락사에 대해 보수적인 의사 입장에서는 이러한 요청을 받아들이기 어려웠다. 병원 주치의는 "환자의 의사를 확인할 수 없고, 환자가 사망에 임박한 상태가 아닌데도 연명치료를 중단하는 것은 의사의 생명 보호 의무에 반하며, 형법상 살인죄 또는 살인방조죄로 처벌받을 수 있다."라며 반박했다. 논쟁은 결국 재판으로 이어졌고, 1년이 지나 대법원에서 최종적으로 환자의 자녀들이 승소하여 드디어 김 할머니의 인공호흡기 치료는 중단되었다. 당시 이 판결은 몇 가지 제한점은 있으나 사실상 한국에서 존엄사를 인정한 첫 사례였고, 이를 계기로 회생 가능성이 없는 환자들을 대상으로 하는 소극적 안락사에 대한 사회적 논의가 이루어질 수 있었다. 그 결과가 지금의 연명의료결정제도다.

연명의료결정제도는 임종 과정에 있는 환자가 의학적으로 무의미한 연명의료를 받지 않을 수 있도록 선택하게 하는 제도이다. 임종 과정에 있지 않더라도 본인이 연명의료를 받지 않을 것이라는 의향서를 제출할 수도 있고, 그러지 못했어도 병원 의료기관윤리위원회를 통해 논의 후 연명의료를 중단할 수도 있다.

연명의료결정제도는 연명치료가 무의미하고 환자가 이러한 결정을 원할 것이라고 추정되는 경우로만 한정되어 있다. 네덜란드에서 시행하는 조력자살처럼 급진적이고 적극적인 안락사보다는 제한적이지만 환자 자신에게 죽을 권리가 없던 한국에도 점진적이지만 조금씩 변화가 시작되고 있다.

2018년 2월부터 시작된 연명의료결정제도는 시행 초기 1만 5000건의 연명의료계획서가 등록되었고, 2022년 기준 10만 4000건 등록으로 크게 증가했다. 등록 건수 중 87.5%가 60세 이상에서 신청되었으며, 19세 이상 성인이 향후 임종 과정에 있는 환자가 되었을 때를 대비해 작성하는 사전연명의료의향서도 2022년 기준 157만 건이 접수되었다.● 이는 아마도 인간다운 죽음에 대한 사회적 공감대가 형성되었기 때문일 것이다. 의식 없이 누워만 지내며 인공호흡기에 연명하며 살아가는 것이 자기 삶의 마무리가 되지 않았으면 하는 생각들일 것이다.

●   국립연명의료관리기관. (2022). 「2022 연명의료결정제도 연보」.

Euthanasia, 아름다운 죽음. 그리스 로마 시대의 귀족들은 불치병 판정을 받거나 죽음을 예감하면 가까운 지인들을 모아 인생의 아름다움과 덧없음을 이야기하며 포도주와 함께 독약을 마셨다고 한다. 그들에게는 이것이 아름다운 죽음이었을 것이다. 고령사회로 접어든 지금, 기대수명은 늘었지만 건강수명이 짧아져 병을 앓다가 죽음에 이르는 기간이 점점 늘어나고 있다. 어떻게 죽을 것인지에 대한 고민이 필요한 때이다.

호스피스와 준비된 죽음

▶

사람은 누구나 한 번뿐인 인생을 살아간다. 죽음을 두 번 겪지 않는다는 것이다. 모두가 죽음 앞에서는 처음일 수밖에 없다. 죽음은 상실감과 고통을 남긴다. 죽음이라는 단어가 아른거리기 시작하면 누군가는 당황하고 분노하며 남은 시간을 허비하기도 한다. 죽음이 처음인 이들의 안내자가 되어주는 것이 호스피스 치료(완화 치료)이다.

삶이 얼마 남지 않은 말기 암 환자늘이 받는 지료를 호스피스 치료라고 한다. 치료는 상태의 개선 혹은 증상의 완화만을 목적으로 한다. 환자의 통증을 비롯하여 소화 불량, 식욕 저하 같은 증상을 치료하는 한편 환자나 보호자의 심리적, 사회적, 또는 영적인 문제를 함께 고민하고 상담한다. 호스피스는 환자에게는 죽음을 준비하는 방법을, 보호자에게는 그러한 환자를 돌보는 방법을 알려주며, 환자가 죽고 난 뒤에는 남은 보호자들에게 정서적 지지와 돌봄 서비스를 제공한다. 호스피스 치료는 이렇게 암 환자 치료의 또 다른 축이지만, 그 중요성에도 불구하고 일부 대형 병원에서 기피하는 분야 중에 하나이다.

뇌로 전이가 된 60세 폐암 환자는 급격히 커진 뇌종양 때문에 머리 수술을 받았지만 더 이상 침대에서 일어날 수 없었다. 수술 후 발생한 뇌출혈로 인해 식물인간 상태가 되었던 것이다. 한 달간 중환자실 치료를 받으며 의식은 회복했지만 뇌종양이 다시 자라기 시작했다. 그러면서 뇌부종이 심해졌고 다시 환자의 의식은 없어졌다. 뇌부종을 줄여주는 스테로이드 주사가 처방되었고, 이후 호전되며 그는 가족을 알아보며 눈물을 흘렸다. 그러나 더 이상의 치료는 어려운 상태였다. 보호자들에게 이를 설명하고, 병원 내의 호스피스 센터로 전과하여 남은 시간을 정리할 것을 권유했다.

하지만 호스피스 센터에서 입원 치료를 받으려면 최소 3개월을 대기해야 했다. 설상가상으로 병원 원무팀은 환자의 입원 기간이 3개월에 다다르자 퇴원을 종용하기 시작했다.

3차 병원이라 불리는 대학병원의 경우 환자의 입원 15일이 지나면 의료수가 기준상 입원료 전액을 받지 못한다. 환자를 빨리 사회나 집으로 돌려보내기 위해, 입원 기간이 길어지면 보험공단이 병원에 일종의 페널티를 적용하는 것이다. 또한 병원 입장에서도 같은 기간에 한 병실에 여러 명의 환자를 받아서 치료하는 것이 수익 면에서 이득이기 때문에 병상 회전율을 철저하게 관리한다. 이미 입원일이 15일이 훌쩍 지나 3개월이 다 되어가는 그를 계속 치료한다는 것은 병원 입장에서는 적자였다. 스테로이드 주사가 아니면 의식을 차리지 못하는 전이성 뇌종양 말기 암 환자는 갈 곳이 없어졌다.

/

암 환자는 매해 25만 명씩 새롭게 발생한다. 이 중 약 3분의 1은 서울 소재 빅5 병원⦁에서 치료받지만 그들 중 대다수가 다른 병원에서 삶을 마무리한다. 이들 빅5 병원이 말기 암

⦁ 빅5 병원: 건강보험공단에 진료비를 청구하는 청구액 기준으로 상위 5개 병원을 말한다. 서울대학교병원, 세브란스병원, 삼성서울병원, 서울아산병원, 가톨릭대학교 서울성모병원이 여기에 속한다.

환자보다는 새로운 암 환자를 받는 데 집중하기 때문이다.

대형 병원들이 호스피스 치료에 인색한 것은 호스피스 치료가 돈을 벌지 못하기 때문이다. 빅5 병원 중 호스피스 지정 기관으로 인증받은 병원은 한 곳뿐이다. 그나마 그곳은 특정 종교 재단에 의해 설립되어 호스피스 치료를 하는 데 가장 중요한 인적 자원, 즉 자원봉사자가 많은 곳이다. 호스피스 인증 기관에서 입원 치료를 할 경우 환자 한 명당 국가에서 지급하는 액수는 2022년 기준으로 하루에 45만 원 정도이다. 이 금액은 포괄수가제에 따라 책정되었다. 포괄수가제는 행위별수가제와 반대되는 개념으로, 환자가 병원에 입원해서 퇴원할 때까지 진료의 종류나 양과 상관없이 미리 정해진 일정액의 진료비를 부여하는 제도를 말한다. 하루 45만 원이 큰 금액처럼 보일 수 있지만 빅5 병원에서는 그렇지 않다. 그들이 일반 환자를 입원시켜서 치료할 때 기대 수입은 하루 100만 원 정도이다. 하지만 이마저도 환자가 몰리는 빅5 병원이나 되어야 하루 기대 수입을 100만 원 정도로 생각할 수 있지, 그 외의 다른 병원들은 어림없다. 하루 45만 원, 그것도 포괄수가제로 묶인 의료비를 위해 말기 암 환자를 위한 호스피스 병실을 만들거나 늘리는 것은 병원 입장에서는 '미친 짓'일 것이다.

수익과 관련 없는 국공립 병원은 호스피스 병동 설립과

치료에 적극적인 편이다. 그 외에 호스피스 병동을 적극적으로 늘리려는 병원 중에는 환자가 많지 않아 의료수가 45만 원을 확보하고자 하는 곳도 있다. 지역암센터를 건립하며 정부 지원을 받기 위해 구색만 맞춰 호스피스 병동을 설치하는 병원도 있다. 포괄수가제로 금액이 정해져 있다 보니 병원 입장에서는 환자에게 최대한 아무것도 안 할수록 이득이기 때문에 약이나 수액, 주사 처방을 안 하려는 경우도 있다. 이런 문제를 막기 위해 국립암센터의 중앙호스피스센터가 이들 호스피스 인증 기관들의 의료 질 관리를 한다. 일정 기간 수액 사용량이나 인력 고용 현황 등을 조사해 호스피스 병동의 진료 행태를 감시한다. 또한 호스피스 환자 사후에는 남은 보호자들을 대상으로 사별 가족 만족도를 조사하여 의료 서비스를 평가하기도 한다. 만약 해당 요건이 충족되지 않는다면 호스피스 인증 기관에서 제외시켜 수가를 받지 못하게 하기도 한다.

／

호스피스 인증 기관의 가장 큰 장점은 환자가 받는 의료 서비스의 수준이 일정하게 유지된다는 것이다. 앞에서도 이야기했지만, 죽음이 준비되지 않은 말기 암 환자의 경우 몸 상태와 치료 효과에 대해 확실히 인지하지 못한 채 치료에 매달리는 경우가 많다. 절박한 환자의 심리를 이용하여 면역 치료니, 줄기세포 치료니, 고대 왕실에서 내려온 비법서로 만든 한방약이니 하며 근거 없는 보완 대체 요법 치료를 '파는' 이들이 있다. 그런 치료를 하는 곳일수록 시설은 화려하고 의사와 간호사는 친절하다. 많은 말기 암 환자나 보호자들이 이런 곳에서 '치료를 하고 있다'는 위안을 받지만 이런 병원이 제공하는 보완 대체 치료는 결코 싸지 않다. 일반적으로 한 세션에 1000만 원이 넘는다.

　복강으로 암세포가 퍼진 60세의 대장암 환자는 척추뼈까지 암이 전이되었지만, 더 이상의 치료를 거부하고 대체 요법 치료를 선택했다. 1인실의 전망 좋은 병실은 하루에 40만 원이었고, 성분을 알 수 없는 면역 증진 보약 100만 원, 암세포를 열로 죽일 수 있다는 고주파 암 온열 치료는 한 번 치료에 30만 원, 여러 가지 비타민을 섞은 수액제는 성분에 따라 10만 원에서 50만 원이었다. 모두 비급여이다. 자산가였던 환자는 많은 돈을 들여 암 환자에게 좋다는 모든 치료를 받았지만, 결국 대체 요법 치료를 받은 지 일주일 만에 응급실로 되돌아올 수밖에 없었다. 그 모든 치료는 암세포가 일으키는 극심한 고통을 가라앉히지 못했다.

생각해보자. 대체 요법 치료가 암 환자들에게, 특히 말기 암 환자들에게 좋은 치료인지. 그렇게 좋다는 치료가 왜 더 많은 사람들에게 알려지지 않았는지. 그런 훌륭한 치료법이 있다면 암 치료의 새로운 전기를 마련할 수도 있고, 나아가 전 세계 의료에 영향력을 끼쳐 종국에는 노벨의학상도 받을 수 있었을 텐데 왜 그러지 못했을까?

현대 의학은 검증의 역사이고, 그 결과물이다. 인체의 생리적, 해부학적 근거를 통해 어떠한 치료의 생화학적 기전이 우리 몸에 어떻게 변화를 일으킬지를 세포 실험이나 동물 실험을 통해 입증하고, 이를 바탕으로 인체 실험을 하게 된다. 이렇게 나온 임상적 결과가 논문의 형태로 공유되면, 의사들은 논문에 기술된 방법으로 환자를 치료한 뒤 그 결과를 다시 논문으로 발표하여 알린다. 이 작업이 반복되면서 해당 치료법이 지닌 임상적 효용성이 입증되면 기존의 치료법은 새로운 치료법으로 수정되고 더 많은 의사들에게 권장된다. 현대 의학의 공인된 치료법은 이렇게 만들어졌다. 이 과정에서 버려진 수많은 치료법 중 하나가 보완 대체 치료다.

우리나라 암 환자의 22%만이 호스피스 치료를 이용한다. 다인실 이용 기준으로 호스피스 병실 환자는 중증 환자 혜택이 적용되어 치료비의 5%만 부담하면 된다. 만약 삶이 얼마 남지 않은 시점에서 가족들과 함께 시간을 보내고 싶어 1인실을 이용한다면 하루 30만 원이 추가된다. 돈의 사용은 상대적일 수 있지만 근거 없는, 복권과 같은 치료법에 1000만 원이 넘는 비용을 지불하는 것보다는 호스피스 치료를 고려해본다면 어떨까.

호스피스 치료의 꽃은 요법 치료와 자원봉사자들이다. 봉사자들 덕분에 병동의 분위기는 밝고 유쾌하다. 이들로 인해 호스피스 병동은 잠시 죽음을 잊을 수 있게 된다. 전날 음악 선생님의 어설픈 모창에 한껏 웃어대던 한 난소암 환자는 다음날 자는 듯이 죽었다. 삶과 죽음의 경계에 선 이들에게 잠깐이나마 망각이라는 선물은 크나큰 위로와 위안이 된다.

호스피스 병동 환자들은 미술 치료, 음악 치료, 원예 치료, 마사지 등을 제공받는다. 국가에서 연 2000~3000만 원의 예산을 지원하는 치료다. 정부가 호스피스 치료에 하루 45만 원이라는 큰 수가를 책정한 이유는 간호사 한 명당 돌보는 환자 수를 줄여 담당 간호사와 환자가 더 자주 대면하도록 권하려는 데 그 배경이 있다. 더 많이 대화하고 접촉하며 죽음을 앞둔 이들을 위로하고 보호자들을 준비시키기 위해서다. 환자는 의료기기가 아니라 사람과 접촉하며 죽음을 사색하는 시간을 보낸다. 보호자도 그들이 맞닥뜨릴 환자의 부재를 준비하며 상실에 대한 공포감을 극복할 기회를 얻는다.

　'살리는' 의료보다 '죽어가는' 이들을 위한 호스피스 치료에 정부가 이처럼 많은 비용을 들이는 이유이다. 말기 암 환자를 대상으로 하는 무의미한 치료를 줄이고 그에 따른 과도한 의료비 상승을 억제하는 것, 그리고 가장 중요하게는 환자에게 마지막을 의미 깊게 마무리할 수 있는 '관계'와 '연결'의 기회를 열어주는 것이다. 죽음에 이르는 과정을 조금 더 인간적인 것으로 만들어준다는 점에서, 우리는 호스피스 치료라는 선택지를 고민해야 한다.

숨 쉬고 살아 있다는 것만으로도

재생불량성빈혈*로 가끔씩 수혈만 받아오던 72세 여자 환자가 어느 날 갑자기 생긴 허리 통증으로 신경외과 외래를 찾아왔다. 검사 결과 통증은 심한 골다공증 때문에 요추 3번 척추뼈가 압박골절된 것이 원인이었다. 환자는 입원을 해 척추성형술을 받았으나 갑자기 의식을 잃었다. 응급 검사에서 뇌척수액이 차 있는 거미막밑 공간으로 혈액이 새 나가는 뇌지주막하 출혈이 확인되었다. 이어서 뇌혈관 검사를 진행했으나

● 　재생불량성빈혈: 골수 안의 모든 세포의 기본이 되는 줄기세포를 만들지 못하여 적혈구, 백혈구, 혈소판 등 모든 혈액세포가 줄어들면서 생기는 질환이다.

출혈의 원인을 찾을 수 없었다. 환자가 앓고 있던 재생불량성 빈혈로 인해 범혈구감소증이 발생했고, 이 때문에 뇌출혈이 발생한 것이라 추측했다.

환자는 범혈구감소증 때문에 적혈구, 백혈구, 혈소판 수치가 모두 떨어져서 상태가 쉽게 좋아지지 않았다. 적극적으로 수혈을 받았지만 이후 패혈증에 따른 쇼크가 진행되면서 의식을 잃고 결국 중환자실에서 치료를 받게 되었다. 저혈압이 진행되며 다발성 장기부전이 동반되었고, 간과 콩팥이 기능을 못 하기 시작했다. 중환자실에서 투석을 하면서 인공호흡기에 의지해 가쁜 숨을 몰아 쉬던 그녀의 뇌는 서서히 죽어갔다.

환자의 하나 밖에 없는 딸은 당황했다. 어머니가 오랫동안 아팠지만 죽음이라는, 어머니의 부재에 대해 한번도 고민해보지 않았던 것이다. 딸은 언제나 어머니를 안타깝게 생각했고, 아픈 어머니를 긴 세월 동안 괴롭힌 아버지에게 분노했다. 우리 어머니들이 그랬듯이, 환자는 가부장적인 남편 곁에서 하나뿐인 딸을 키우며 힘든 시절을 살아왔던 것이다.

진료를 할 때마다 환자의 남편은 내게 연신 "살 수 있죠?"라고 물었다. 젊은 시절, 아내에게 잘해주지 못했던 데 죄책감을 느낀 남편은 아내가 죽음을 앞두고 있다는 현실을 부정하려 했다. 딸은 울부짖으며 아버지에게 화를 냈다. 그러게 왜 그렇게 사셨냐며, 아버지가 어머니에게 미안해할 자격이 있냐며.

이렇게 보호자가 환자가 맞닥뜨릴 죽음에 대해 받아들일 준비가 되지 않았을 때, 나는 보호자에게 환자의 상태 변화를 조금 더 자주 설명해준다. 환자의 죽음이 멀지 않았음을 알려주어 현실을 인식하게 돕는다.

"여기 보여드리는 머리 검사 결과처럼 이미 어머님의 뇌는 죽어가고 있습니다. 일반적으로 머리 CT에서 뇌가 회색으로 보여야 하는데, 어머님의 뇌는 검게 변해가고 있어요. 게다가 피 검사 수치도 좋지 않습니다. 빈혈 수치는 12 정도가 되어야 하는데 아무리 수혈을 해도 5 이상 오르지 않고, 혈소판 수치는 최소 10만 이상이 되어야 하는데, 3만 이상 오르지 않습니다. 혈소판 수치가 5만 이하가 되면 우리 몸에서는 피가 안 멎게 됩니다. 지금 눈에서 피가 흐르는 것도 그 때문이에요. 혈압도 오르지 않아서 지금 심장을 강제로 뛰게 하는 약을 쓰고 있는데 그마저도 많이 쓰다 보니 혈관이 수축하는 바람에 손가락 같은 곳이 검게 변하고 있고요."

／

　나는 여러 차례 면담을 하며 보호자들의 생각을 엿볼 수 있었다. 왜 이런 상황에서도 치료를 포기하지 않는지 조금은 알게 되었다.

　딸은 아직 어머니를 마음속에서 놓아줄 생각이 없었다. 같은 여자가 보기에 어머니는 한평생 피해자로 살아온 바보 같은 사람이었다. 어머니처럼 살지도 모른다는 두려움에 결혼을 하지 않았던 딸로서는 이제서야 효도할 준비가 되었는데, 허망하게 예고도 없이 자신을 떠나버리는 어머니가 야속했다.

　한편 딸의 눈을 피해 몰래 면담을 온 남편은 이렇게 말했다.

　"젊은 시절 그 사람에게 몹쓸 짓을 많이 했어요. 왕처럼 하고 싶은 대로 소리지르고, 마음 내키는 대로 막 대했는데 후회가 되네요. 정말 살 수 없나요? 원래 저 정도는 늘 아픈 사람이었어요. 지금 보면 금방이라도 일어날 것 같은데, 정말 안 되나요?"

　젊은 시절 폭군같이 아내를 억압해왔던 남편은 나이가 드니 한결같이 자신 곁에 있어주던 그녀가 없을지도 모른다는 생각에 덜컥 겁이 났다고 했다. 가족 모두 죽음이 아내의, 엄마의 곁에 항상 도사리고 있었음을 (심지어 재생불량성빈혈로 그렇게 병치레를 했음에도) 망각했던 것이다. 오늘보다 더 나아질 내일을, 최소한 오늘처럼 똑같을 내일을 기대하며 현실을 잊고 지내던 중 막상 내일 그녀가 없을지도 모른다는 생각을 처음 해본 것이다.

환자의 상태는 당장 죽는다 해도 이상하지 않을 만큼 좋지 않았지만 나는 최선을 다해 그녀의 생명을 붙잡아두려 했다. 인공호흡기가 아니면 숨을 쉬지 못하고, 강심제가 아니면 심장이 뛰지 않는 환자의 생명을 붙잡는 것이 무슨 의미가 있는지, 뇌사 상태를 유지하기만 하는 것이 무슨 치료냐고 누군가 비난할 수도 있겠다. 하지만 또 다른 누군가에게는 환자가 단지 숨을 쉬고 살아 있다는 것만으로도 (죽지 않았다는 사실만으로도) 삶의 위안을 얻는다는 사실을 알고 있기에 나는 이러한 치료가 무의미하다고 생각하지 않았다. 웰다잉은 비단 환자에게만 해당하는 것이 아니다. 환자를 생각하고 기억하는 모든 보호자들이 이렇게 생을 갈무리할 수 있는 시간을 보내는 것도 또 다른 의미의 웰다잉이다.

조금씩 꺼져가는 생명을 겨우 붙잡아둔 내가 할 수 있는 다음 일은 보호자들을 위해 더욱 자주 면담을 하고 환자를 보여주는 것뿐이었다. 넋두리를 들어주고, 환자의 상태를 설명하고, 면회를 허락해주고, 그 과정에서 가족들이 환자에 대한 마음 정리를 하도록 도와주는 것. 그게 의사로서 내가 할 수 있는 일의 전부였다.

가족들은 중환자실 면회를 통해 꺼져가는 환자의 모습을 보았다. 인공호흡기가 아니면 스스로 숨을 쉴 수 없던 그녀의 몸은 계속 수혈이 되지 않으면 피 수치가 유지되지 않았다. 혈전 이상으로 손끝과 발끝은 까맣게 썩어들어갔으며, 눈에서는 피눈물이 흘러나왔다. 이미 뇌사 상태로 외부의 자극에 아무런 반응을 할 수 없는 그녀에게 그들은 용서해달라고, 미안하다고, 사랑했다고 연신 고백했다. 이렇게 매일 중환자실 면회를 하며 가족들은 조금씩 현실을 인정하기 시작했다. 어려운 치료를 받고 있는 그녀가 눈에 들어온 것 같았다.

대부분의 보호자는 환자가 느낄 고통에 둔감해지곤 한다. 보호자가 상황을 이성적으로 이해하는 건 자신이 보호자로서 겪는 감정적 혼란과 동요에 대한 '살풀이' 과정을 겪은 뒤에야 가능해진다. 물론 자신의 감정에만 빠져 있다가 준비되지 않은 채로 환자의 사망을 맞닥뜨리는 경우도 있지만, 이 가족의 사례처럼 잦은 면회를 통해 환자를 자주 만나다 보면 보호자들이 조금씩 이성의 영역으로 상황을 인식하게 된다.

가족들은 곧이어 더 이상의 치료가 의미 없음을 깨달았

다. 그리고는 내게 치료를 중단해달라고 했다. 인공호흡기를
뗀 지 얼마 되지 않아 환자는 그렇게 숨을 거두었다.

사회적 죽음

▶

그녀는 73세였다. 지역의 명망 있는 집안의 딸인 그녀는 오랜 기간 교사로 일하다 교감으로 퇴직한 뒤 고향에서 지내고 있었다. 교장으로 퇴직한 남편 사이에 1남 3녀를 두었고, 은퇴 후에도 지역 유지로서 교육 분야에서 활동했다. 다른 사람을 가르치는 일을 천직이자 보람으로 여기며 살았고, 나름 자기 이름에도 자부심을 갖고 살던 중 그녀는 췌장암 진단을 받았다.

청천벽력과도 같은 진단이었다. 지방의 암 환자가 그러듯, 그녀는 부랴부랴 짐을 꾸려 서울의 유명하다는 병원으로 찾아갔다. 하지만 안타깝게도 췌장암은 췌장을 벗어나 이미 복강내에 전이되어 있었다.

복강내로 전이된 췌장암은 수술 불가능한 4기의 말기 암이다. 이 단계에서는 완치가 아닌 증상 완화 목적으로 항암 치료를 하게 된다. 췌장암의 항암 치료는 4주에 세 번, 외래에서 주사를 맞는다. 거의 한 주를 기준으로 1일째, 8일째, 15일째 되는 날 주사를 맞고 20일째 날에는 쉰다. 이것이 한 사이클이다. 치료를 위해 그녀는 서울에 사는 아들 집에서 지냈다. 처음 항암 주사를 맞는 날에는 모든 가족이 보호자로 병원에 따라왔다. 다행히 그녀는 항암제 부작용이 크지 않아 식사도 잘했고, 외관상 암 환자로 느껴지지 않을 정도로 건강해 보였다.

과거 젬시타빈만 사용하던 말기 췌장암 치료의 예후는 좋지 않았다. 중위 생존 기간이 7개월, 1년 생존율이 22%에 불과했다. 하지만 치료제에 아브락산이 추가되면서 말기 췌장암 환자의 1년 생존율이 22%에서 35%로 증가했다. 다행히 한자는 아브락산을 쓰는 치료를 받으며 항암 치료 시작 후 3개월째에 시행한 복부 컴퓨터 단층 촬영 영상에서 암의 크기가 줄어든 것이 확인됐다. 가족들은 희망을 보았고, 암을 이겨낼 수 있다는 믿음을 품게 되었다. 환자의 딸들은 어머니에 대한 걱정을 덜어냈다고 했다.

그렇게 환자는 서울의 아들 집에서 지내면서 4주에 세 번씩 아들과 며느리의 도움으로 서울의 대형 병원에서 항암 주사를 맞았고, 마지막 쉬는 주에는 서울의 요양병원에 입원을 해 수액 치료를 받고 영양 주사를 맞았다. 그렇게 6개월 정도 지나자, 아들과 며느리가 지쳤다. 서울에 사는 딸들은 어머니가 가까이서 항암 치료를 받는데도 치료에 별다른 관심을 두지 않았다. 그저 이런 말을 반복할 뿐이라고 했다.

"엄마. 항암 치료 다 받고 나면 우리가 잘 모실게요. 치료 끝나면 우리 다 같이 여행 다니며 행복하게 살자. 앞으로 잘될 거야. 나을 수 있어."

／

문제는 항암 치료의 끝은 없다는 것이다. 항암 치료가 끝나는 때는 약이 효과가 없거나, 약의 부작용을 못 견딜 때뿐이다. 말기 췌장암의 경우 항암 치료를 한다고 낫지 않는다. 항암 치료의 목적은 완치가 아니라 종양의 성장을 억제하여 환자의 평소 생활을 유지하는 것이다. 하지만 환자나 보호자 모두 언젠가는 치료를 다 마치고 원래의 일상으로 돌아갈 것이라는 착각을 한다. 그들은 항암 치료가 암을 없애줄 거라고 기대하지만, 실제로는 생명 연장을 위한 치료라는 것을 간과

한다.

　게다가 환자는 항암 주사를 맞기 위해 한 달에 세 번만
병원에 가지 않는다. CT 촬영도 하고 피 검사도 자주 해야 하
기 때문에 그보다 훨씬 자주 병원을 찾게 된다. 하지만 환자가
많은 대형 병원 특성상 진료 시간은 길지 못하다. 3분 남짓의
짧은 진료를 통해 암의 현재 상태와 항암 치료를 잘 받을 수
있는지 등의 상담만 받을 수 있을 뿐이다. 병원 생활이반복되
며 환자는 지치고, 보호자들은 싸운다. 대부분의 보호자는 환
자의 자식들이다. 그들은 한창 직장에서 일할 나이이기 때문
에, 환자를 데리고 병원을 온다는 것은 그만큼 자신의 업무 시
간을 포기해야 한다는 뜻이다. 이 과정이 지난하게 지속될 때,
처음의 걱정과 관심은 사라지고 보호자에게는 짜증과 분노가
남는다. 그리고 환자가 사망하는 순간 이전에 느꼈던 짜증과
분노 때문에 죄책감이 밀려온다.

　치료를 받는 환자 입장에서는 어떨까. 항암 치료를 받으
며 살아는 있지만 환자는 이미 사회적 죽음을 맞이한 것과 다
름없다. 이 환자의 경우 서울의 대형 병원에서 치료받기를 선
택한 순간 이전에 꾸려온 사회적 생명은 끝난 것이다. 그녀와
그 딸들은 잘못 생각하고 있었다. 치료가 끝나고 일상으로 복
귀할 수는 없다. 그녀가 살던 곳으로 돌아가는 것은 아마 더

이상 쓸 항암제가 없어 호스피스 치료를 하거나 남은 삶을 정리하기 위한 때일 것이다. 그나마도 대부분의 환자는 서울의 대형 병원 장례식장에서 삶을 마감한다. 지역사회에서 이름을 알리며 활동했던 그녀가 남은 생을 이렇게 타지에서 보내는 것을, 이러한 사회적 죽음을 원했을지 모르겠다.

환자, 그리고 딸들이 함께한 진료 자리에서 나는 이렇게 얘기했다.

"서울에서 치료받을 필요는 없습니다. 이미 복강내로 전이된 말기 췌장암 치료의 경우 항암제 치료밖에는 방법이 없습니다. 항암 주사가 지방이라고 다를 것이 없으니, 연고지 병원에서 주사 맞으면서 환자분의 일상생활을 유지하셨으면 합니다. 그러라고 받는 항암 치료입니다."

그리고 딸들에게는 이렇게 말했다.

"따님들께서도 알아두셔야 할 게 있습니다. 어머님의 병은 낫지 않습니다."

그들은 어머니의 예후에 대해 가감 없이 정확하게 전하는 의사의 말에 다소 놀란 듯했다. 직접 간병하던 아들과 며느리와는 달리 딸들은 어머니의 병구완에서 몇 발짝쯤 떨어져 있었고, 어머니가 낫지 않는다는 현실을 지금에야 분명하게 마주한 것 같았다.

"어머니의 병은 낫지 않습니다. 따라서 치료의 끝은 없습니다. 저는 의사로서 여러분이 지금 바로, 당장 어머님께 잘하셨으면 합니다. 좋아지고 나아질 미래의 어머니를 기대하는 것이 아니라, 치료하면서 쇠약해진 지금의 어머니께 더 자주 연락하고 위로해주셨으면 합니다. 여행을 간다면 내일이 아니라, 지금 당장이었으면 합니다."

의사가 이렇게 말을 해도 대부분의 환자나 보호자는 이런 조언을 무시하거나 부정한다. 그래도 치료는 서울의 5대 병원에서 받아야 한다, 우리 어머니가 그렇게 안 좋을 리 없다, 그동안 별일 없었으니 건강하게 이겨낼 것이다 등 자기 위로나 기만으로 현실을 부정한다. 많은 환자가 그렇게 아프기 전에 살던 삶에서 멀어져 사회적 죽음을 맞는다. 오래 맺어온 관계, 쌓아온 성취와 멀어지고 병원에서 마지막 시간을 보내며 좁은 관계 속에서 죽음을 맞이한다. 만나지 못했던 이들은 장례식장에서 사진으로 인사하게 되는 것이다. 그러한 죽음의 과정이, 내게는 결코 웰다잉은 아닌 것 같다.

그 뒤로 항암 치료가 1년 남짓 진행되었을 때 환자의 암은 다시 크기가 커졌다. 이후 비급여의 면역 표적치료제를 권유했으나 환자는 그나마도 체력이 되지 않아 더 이상 치료를 받을 수 없었다. 결국 치료가 중단된 그때서야 그녀는 고향집으로 돌아갈 수 있었다. 췌장암의 특성상 식사를 할 수 없었던 그녀는 집으로 돌아간 지 한 달 만에 평안을 찾을 수 있었다.

입원할 곳을 찾아서

◖

환자가 없는 보호자만의 진료는 드문 일이다. 진료실 문을 열고 들어온 30대 중반의 여성은 환자라기에는 건강해 보였다. 알고 보니 환자는 다른 병원에 입원해 있었고, 보호자인 아내가 남편을 대신해 나를 찾아온 것이었나. 의무 기록을 검토해 보니 환자는 우측 뇌에 넓게 퍼진 악성 신경교종을 앓고 있었다. 악성 신경교종은 뇌와 척수에 발생하는 치명적인 종양으로 암세포가 빠르게 자라면서 주변의 신경을 파괴한다. 수술과 방사선 치료, 그리고 항암 치료를 하지만 치료가 어렵고 재발 가능성이 높아 1년 이상 살기 어렵다. 아픈 남편을 대신해서 입원할 곳을 찾고 있다며, 그녀는 남편의 이야기를 전했다.

／

그녀의 말에 따르면 남편은 3개월 전 갑자기 말이 나오지 않으면서 좌측 팔다리가 마비되었고, 이후 발작을 일으키며 쓰러졌다고 했다. 검사를 해보니 뇌종양이 의심되었고, 대한민국에서 제일 좋다는 병원을 힘들게 찾아가 수술을 받았다. 하지만 종양은 이미 우측 뇌 전체에 광범위하게 퍼져 있었고, 암 제거 수술 중 갑작스러운 팔다리 마비 증상이 있어 수술은 중단되었다.

최근의 신경외과 수술은 수술 중 신경계 감시intraoperative neurophysiologic monitoring, INM를 기본으로 한다. 이는 수술 후 발생할 수 있는 신경 손상을 최소화하기 위해, 수술 중 근전도 및 뇌파 등 전기생리학적 방법을 통해 신경 손상을 추적하고 감시하는 검사 방법이다. 이 남성 환자의 경우, 암을 제거하던 중 신경계 감시에서 갑자기 신경계 이상 소견이 보였고 이로 인해 수술을 계속할 수 없었던 것이다. 수술 후 환자의 좌측 팔나리는 완전히 마비가 되었다.

수술을 받은 지 3일째 되던 날, 환자는 갑작스러운 발작과 함께 의식을 잃었고 응급으로 시행한 두부 컴퓨터 단층 촬영 영상에서는 수술받은 우측 뇌가 심하게 부은 것이 확인되었다. 담당 의사는 악성 뇌종양의 특성상 심한 뇌부종이 동반되기도 하고, 여기에 더해 수술로 종양이 일부분 제거되면서 뇌의 혈액 순환이 달라졌기 때문에 부종이 심해진 것으로 진단했다. 환자는 다시 수술을 받았고, 이번에는 두개골절제술을 받았다. 우측 뇌의 심한 부종으로 뇌의 다른 부위가 압박이 되어 뇌를 덮고 있던 두개골을 절제할 필요가 있었다. 수술 후 환자는 안정을 되찾았고, 두개골절제술 후 한 달이 지나서 이번에는 본인의 머리뼈를 다시 제자리로 넣어두는 두개골복원술을 받았다.

환자가 나를 찾아왔을 때는 이렇게 세 번의 수술을 받고 난 뒤 방사선 치료를 권유받았을 때였다. 방사선 치료는 일반적으로 외래에서 받는 치료이다. 환자가 몰리는 병원은 늘 입원실이 부족하기 때문에 환자들은 방사선 치료만을 받기 위해 입원하지 않는다. 환자가 아무리 왼쪽 팔다리를 쓰지 못한다고 할지라도, 퇴원 후 집에서 왔다 갔다 하면서 외래로 치료를 받아야 했다. 문제는 이 환자의 집이 병원에서 멀리 떨어져 있다는 것이었다. 10분 남짓의 방사선 치료를 받기 위해 월요일부터 금요일까지 매일 6주가량을, 그는 사설 구급차나 장애인택시를 타고 병원에 가야 했다. 게다가 악성 교종 환자이기 때문에, 방사선 치료를 받는 동안 테모졸로마이드라는 항암 치료도 같이 받아야 했다. 예후가 좋지 않은 악성 교종의 경우 생존 기간을 조금이라도 늘리기 위해 방사선 단독 치료보다는 방사선 치료와 함께 항암 치료를 동시에 받는 동시 항암 화학 방사선요법이 표준 치료로 선택된다. 이때 사용되는 테모졸로마이드는 먹는 항암제이지만, 부작용 관리를 위해 주기적인 피검사와 진료가 필요하다. 환자는 이 때문에 병원 근처의 다른 요양병원을 알아보았지만, 하나같이 입원이 안 된다고 했다. 의료보험 요양 급여 지급 규정상 하루에 두 개의 병원에서 치료를 받을 수가 없다. 이미 외래로 방사선 치료를 받는 동안 다른 병원에 입원해서 치료를 받을 수 없는 것이다. 병원이 아닌 일반 요양시설에서 치료받는 것을 생각해볼 수도 있지만, 그곳에서는 뇌종양 환자, 간질 발작의 우려가 있는 위험한 환자를 돌보고 싶어 하지 않는다. 그러던 중 환자의 부모님이 이쪽 병원 근처에 살고 있어서 이곳에서 치료가 가능한지 물어보기 위해 나를 찾아온 것이었다.

환자는 39세로 젊은 나이였지만, 영상 검사상 뇌 상태는 확연히 좋지 않았다. 외래 진료를 위해 환자가 오가야 하는 먼 거리, 진료 기록에서 전해지는 환자의 중한 상태, 그리고 그 사이에서 보호자인 아내의 말 못할 고민들이 그려졌다. 치료라고 하는데 몸이 더 축나는 상황. 이게 치료가 맞을까? 남편이 더 나아지고 있는 게 맞을까? 그녀는 고민했을 것이다. 나는 그녀에게 남편의 입원 치료를 권유했다. 입원해서 방사선 치료도 받으면서 항암 치료도 같이 하고, 재활 치료도 받도록 권유했다. 그녀가 갑자기 울음을 터뜨렸다.

"여기서도 입원을 못 하면 우리는 어떻게 해야 하나 불안했어요. 워낙에 여러 병원에서 몇 번이나 입원 거부를 당하다 보니 이제 드디어 문제를 해결했구나 싶고, 선생님께 고마워서 눈물이 나요."

그리고 덧붙였다.

"수술하고 나서도 이렇게 고생을 많이 할 줄 알았다면 굳이 힘들게 그 병원을 가지는 않았을 것 같아요. 그리고 수술하고 나서도 방사선 치료를 이렇게 해야 하는 줄 알았더라면 더더욱 그 병원까지 찾아가지는 않았을 텐데. 그이를 힘들게만 하는 것 같아서 너무 미안했어요. 입원시켜주셔서 정말로 감사드려요."

의사로 있다 보면 종종 주변에서 병원이나 의사를 추천해달라는 말을 듣는다. 그럴 때면 나는 집 가까운 병원이 제일 좋은 병원이니 일단 그곳의 의사를 만나보라고 한다. 많은 이들이 최고에 대한 막연한 동경, 중한 병일수록 큰 병원에서 치료를 받아야 한다는 생각으로 병 치료에 먼 거리를 마다하지 않는다. 큰 병원으로의 집중화는 환자나 병원들 모두 힘들게 한다. 큰 병원은 몰려드는 환자들에게 많은 시간과 자원을 쏟을 수 없고, 지역의 병원과 의사들은 성장할 수 있는 기회를 잃게 된다. 환자는 대형 병원의 바쁜 시스템 속에서 공장처럼 치료받다가, 더 이상 할 수 있는 것이 없을 때는 이렇게 입원할 곳을 찾아 헤매게 된다.

／

환자와 보호자 모두, 환자가 입원해서 편하게 치료받을 수 있는 환경이 마련되어 병세에 차도를 보일 것이라 생각했다. 그러나 병원이 바뀌며 모든 것이 낯설어지자 환자는 불안해하며 섬망● 증상을 보이고 소리를 질렀다. 우측 뇌 일부분이 제거되고 남아 있는 종양 때문인지 그는 어느 순간 어린아이가 되어 있었다. 즉각적이고 감정적인 상태로, 깊은 대화를 나눌 수 없었다. 그런 상황에서 보호자인 아내마저 보이지 않았다. 환자의 곁에는 간병인만이 자리를 지키고 있었다. 내가 꿈

● 섬망: 기억력과 집중력이 떨어져 사람, 시간, 장소를 인지하지 못하고, 헛것을 보거나, 과도한 불안 증세 등을 보이는 상태를 말한다.

꾸는 웰다잉은 작별 인사의 과정이지, 죽음의 끝이 아니다. 그러한 작별 인사를 위해서는 보호자가 반드시 필요하다. 보호자가 환자에게 중요한 사람이며 보호자에게도 환자가 중요한 사람이라면, 여명이 얼마 남지 않은 그에게 아내와 같이 보내는 시간 자체가 웰다잉의 과정일 것이라고 나는 생각했다.

어렵사리 보호자를 불렀다. 그녀는 퀭한 눈에 수척한 얼굴이었다. 남편에게 무슨 일이 있는지 궁금한 듯했지만, 의사가 말하고 싶은 것은 병세에 관한 것이 아니었다. 나는 죽음 앞의 시간에 관한 이야기를 하고 싶었다.

"그동안 환자를 간병하느라 많이 힘드셨을 것 같습니다. 잠시 환자를 떠나 좀 쉬고 싶은 생각이 드는 것도 이해는 합니다. 하지만 제가 환자분을 입원시켜드린 것은 두 분께서 함께 시간을 보내시라는 의미도 있었습니다. 환자의 종양 범위와 수술 상태, 그리고 악성 교종의 일반적인 예후를 고려하면 지금의 동시 항암 화학 방사선 요법을 받는다고 해도 1년을 넘기기 힘듭니다."

환자만이 아픈 게 아니다. 그 곁에서 병을 함께 지켜보는 **보호자도 아프다.** 조금씩 나빠지는 환자를 보며 작은 희망들이 사라지는 것 같아 보호자의 몸과 마음은 쉽게 지친다. 환자를 다독이고 추스르는 과정에서 보호자는 생각보다 많은 정신적, 육체적 에너지를 소모한다. 그렇게 기력이 소진된 보호자들이 환자를 포기하고 환자에게 등을 돌릴 때가 있다. 그러나 예측하지 못한 죽음의 순간이 찾아올 때면 보호자들은 후회를 한다. 긴 치료의 마지막 여정에서 우리가 좀 더 가치 있는 시간을 보내야 할 이유다.

"그러니 지금의 이 시간은 다시 오지 못할 시간입니다. 본인을 위해서라도 환자분 곁에 있어주세요. 긴 간병의 시간이 짜증이 될 수도 있고, 때로는 고통이 되기도 하고, 혹은 아주 가끔씩 행복의 순간이 되기도 하겠지만, 그러한 감정적 경험의 조각들이 나중에는 보호자를 위로해줄 거예요. 저는 치료를 잘하는 것도 중요하지만, 이렇게 보호자와 환자 간에 웰다잉을 준비하게 하는 것 또한 중요하다고 생각하는 의사입니다. 많은 환자와 가족들의 마지막 순간을 지켜봐온 저의 뜻을 한번 이해해주셨으면 합니다."

내 말에 그녀는 잠깐 생각에 빠졌다. 그리고 곧 다시 한번 울음을 터뜨리며 나에게 미안하다고 했다. 남편이 2년 정도는 더 살 줄 알았다면서. 병원에서 멀리 떨어진 환자의 집에는 아직은 엄마의 손이 필요한 다섯 살의 어린 자녀가 있고, 병원 근처 시부모님의 집에는 치매로 투병 중인 시아버지가 있다고 했다. 주변 지인과 친척들의 도움도 기대할 수 없다

보니 오롯이 환자만을 돌볼 수 있는 처지가 안 되었다고 고백
했다.

후회가 남지 않는 죽음을 위해 우리에게는 여러 조건이
필요하다. 나는 그녀를 위로했다.

/

악성 교종을 앓고 있던 또 다른 76세 여자 환자의 사정은
사뭇 달랐다. 5년 전 수술을 받았고, 1년 뒤 암이 재발했다. 재
발된 암은 다행히 신경학적 장애를 일으키는 곳에 발생하지
않아 표적치료제를 포함한 항암 치료를 시작했고 일상생활에
문제는 없었다. 그러다 수술받은 지 3년째 되던 해에 갑작스
러운 뇌전증(간질 발작)으로 쓰러졌다. 환자는 결국 기관절개
술을 받았고, 이후에는 두 번 다시 걸을 수 없는 상태로 침대
에서만 지내게 되었다. 그녀의 뇌는 점점 망가지기 시작했고,
암은 조금씩 커졌으며, 수두증이 동반되면서 차차 의식 수준
이 떨어졌다.

하지만 환자의 딸은 포기하지 않았다. 결혼하지 않은 딸
은 직장을 포기하고 (물론 재력이 충분한 집안이었다) 어머니의
치료에 최선을 다했다. 그녀는 의사가 말하는 웰다잉의 의미

를 충분히 이해했다. 어머니와 최대한 시간을 많이 보내려 했고, 어머니를 예쁘게 기억하기 위해 노력했다. 이미 어머니는 딸과 대화할 수 있는 상태가 아니었다. 하지만 딸은 아직 어머니를 보낼 준비가 되지 않았다고 내게 이야기하곤 했다.

그렇게 5년이 되었다. 환자가 침대에서 누워서만 지낸 것이 2년이 되어가지만, 딸은 어머니가 눈을 깜빡이는 횟수나, 손가락을 까딱거리는 양상을 보면서 어머니와 대화한다고 믿고 있었다. 그녀도 알고 있다. 평소의 어머니라면 자신이 이렇게 지내는 것을 결코 원치 않을 것이라는 사실을. 되려 자식에게 짐이 된 자신을 책망하며 딸이 자신의 삶을 살도록 응원했으리라는 것을. 하지만 5년이라는 투병 기간 동안 어머니가 수없이 죽을 고비를 넘겨왔지만, 딸은 아직도 어머니를 놓을 준비가 안 되었다고 말했다.

"저도 알아요. 언제 숨이 멎어도 이상하지 않을 상황이라는 걸요. 하지만 저에게 남편이 있나요, 자식이 있나요. 저에겐 엄마밖에 없는걸요. 그냥 하늘 아래 같은 공간에서 이렇게 숨 쉬고 있다는 것만으로도 저에겐 큰 위로가 돼요. 다행히 선생님의 도움으로 필요한 약들을 처방받으면서 이렇게 간병인들과 함께 어머니를 집에서 돌볼 수 있다는 것만으로도 저에겐 너무나도 감사한 일이에요."

딸은 어머니와의 작별 인사를 준비하고 있었다. 언젠가 다가올 그날에 후회를 남기지 않기 위해 최선을 다했다. 간병인들과 삼교대를 해가며 밤낮으로 어머니를 돌보며 매일같이 똥오줌을 받아내고 몸을 씻겼다. 2년 동안 꼼짝없이 누워 있었지만 환자의 등에는 작은 욕창 하나 없었다. 그러려면 욕창 방지 매트도 중요하지만 최소 두 시간마다 체위 변경을 해줘야 한다. 콧줄로 음식을 넣어줄 때는 항상 앉히고, 매일같이 물리치료사를 불러 굳어진 관절도 풀어주고, 딸은 어머니에게 항상 제일 좋은 옷을 입히고 같이 사진을 찍었다.

지금의 동시 항암 화학 방사선 요법이 나오기 전에는 악성 교종 환자가 살 수 있는 기간은 7개월이 채 되지 않았다. 그러다가 지금의 경구용 항암제인 테모졸로마이드를 사용하는 치료법이 개발되면서 12개월로 늘었다. 물론 이는 평균적인 생존 기간이며, 수술적 치료로 제거가 잘된 환자라면 더 오래 사는 경우도 많다. 하지만 이 환자처럼 수술 후 5년 넘게 생존하기는 무척 어렵다. 신경학적 장애와는 별개로 환자가 이렇게 삶을 지속할 수 있다는 것에 대해, 나는 항상 환자의 의지와 딸의 노력에 감탄한다. 2년이라는 시간 동안 온전히 작별 인사를 준비하면서 지치지 않고 어머니의 곁을 지키려 노력한 보호자의 모습이, 수많은 죽음을 보아온 나에게는 대단히 생경한 풍경이기 때문이다.

／

　다양한 삶의 방식이 있는 것처럼 다양한 죽음의 방식이 있다. 정답은 없다. 다들 각자 살아온 인생의 무게와 경험에 따라 삶의 방식이 정해지고, 죽음의 양상도 다를 수 있다. 사람으로 이 세상에 태어나는 순간, 서로 기댄 모양의 사람 인ᄉ 한 자와 같이 사람은 서로 관계된다. 내가 원하든 원치 않든 나는 누군가의 자식이고, 누군가의 부모이며, 어딘가에 소속된다. 그렇기에 나의 죽음은 다른 누군가에게 영향을 미칠 수밖에 없다. 한 사람의 죽음의 과정이 다른 누군가에게 상처가 되지 않았으면 좋겠다. 작별 인사가 후회와 여한이 남는 과정이 아니라, 예쁘고 기쁘게 기억되는 승화의 과정이기를 바란다. 연결된 사람 관계처럼 죽음도 끝이 아니다. 우리가 연결되었다는 사실을 인지하고 나면 웰다잉에 대해 다시 한 번 생각해보게 된다. 당신의 '아름다운 작별 인사'는 무엇인가.

의사를 위한 변명

❱

내과에는 여러 세부 분과가 있지만, 그중에서도 항암 치료를 전문으로 다루는 곳을 종양내과라고 한다. 암 환자들이 가장 많이 마주하는 곳이다. 종양내과 의사들은 암 환자의 항암제를 선택해주고, 항암제의 다양한 부작용을 살피고, 병의 진행을 추적 관찰하면서 암 환자의 전반적인 치료 방침을 결정하고 관리한다. 암 환자들에게는 종양내과 의사가 부모이자 신인 것이다. 그런 의사들이 '더 이상 쓸 약이 없다' '해줄 것이 없다'라고 말할 때, 암 환자들에게 그것은 사망 선고와 다름이 없다.

어떤 환자들은 내게 찾아와서 다른 병원 종양내과 의사

가 저런 말을 했다면서 다른 치료 방법이 있는지 묻기도 한다. 그들은 하나같이 자신을 돌봐주던 의사들의 무책임함에 분노하고, 자신의 병에 절망하며, 나에게서 희망을 찾으려 했다. 나 또한 암 환자를 보기 시작한 지 얼마 안 되었을 때에는 그런 의사들을 이해하지 못했지만, 지금은 안다. 그들의 사망 선고는 자신의 의지가 아닌 어쩔 수 없는 선택임을 말이다.

/

현대 의학은 과학의 역사이고 과학의 기반은 통계에 따른 확률적인 치료법이다. 확률에 따라, 어떠한 암에는 어떠한 항암제가 암의 진행을 늦추고 더 나아가 생명을 연장할 수 있는지가 검증된다. 다양한 암에는 각각 그에 맞는 교과서적인 항암제 사용 지침이 있다. 문제는 암의 특성상 대부분의 암이 항암제의 효과를 무력화하고, 종국에는 지침에서 벗어난다는 것이다. 결국 마지막으로 선택하는 항암제는 대부분의 경우 고진직인 세포 독성 항암제이다. 이러한 항암제는 부작용이 크다.

이 단계에서 종양내과 의사는 고민에 빠진다. 환자의 전신 건강 상태가 좋다면 항암제의 부작용을 감내하고서라도 약을 써볼 수 있겠지만, 그렇지 않다면 자칫 암 때문이 아니라 항암제 때문에 환자를 잃을 수도 있다. 항암제의 심각한 부작용 중에 급격한 백혈구 수치 저하로 인해 면역 기능이 떨어져 패혈증이 생기는 것이 있는데, 이 상황이 되면 종양내과 의사는 3초 더 살리기 위해서 약을 썼나 하는 자괴감과 후회를 느낀다. 그렇기 때문에 경험 많은 종양내과 의사일수록 암의 진행 상태뿐만 아니라 병 이외의 다른 조건(환자의 평소 전신 건강 상태, 평소 앓고 있는 다른 병 등)을 종합적으로 고려하여 항암제 치료를 할지, 한다면 어떤 항암제를 쓸지 판단한다. 이 외에도 급여 조건이 되지 않는데 환자나 보호자가 원해서 사용하는 임의 비급여 항암제의 경우, 비싼 비용도 문제지만 환자가 죽고 나면 보호자들의 마음이 변해서 병원을 상대로 환불 소송을 하는 경우가 많다. 여기서 더 큰 문제는 이러한 환자들을 몇 번 겪다 보면 의사는 좀 너 보수적이 되고, 환자를 위해서 혹은 의사 자신을 위해서 환자들에게 '더 이상 쓸 약이 없다'며 사망 선고를 내리게 된다는 것이다.

/

암 환자들이 몰려드는 대형 병원의 경우 한 환자에게 허락되는 시간은 5분 남짓. 효율적인 진료를 위해 대부분의 종양내과 의사는 외래에 올 환자들의 기록을 전날에 미리 검토하고 치료 방침을 세운다. 밀려드는 많은 환자 속에서 전이암 환자를 비롯한 말기 암 환자를 위해 특별히 많은 시간을 들이기는 어렵다. 항암제를 쓸 수 없을 정도로 체력이 나빠진 환자와 그의 보호자는 특히 마주하기 까다롭다. 5분이라는 짧은 진료 시간 안에 그들의 아픔을 온전히 공감하기는 불가능하다. 의사도 사람인지라, 그들을 대하다 보면 나의 수명도 줄어드는 것 같다. 자칫 그들의 상황에 이입해 감정이 전이되면 판단이 흐려져 다른 환자들의 진료에도 영향을 줄 수 있다. 더구나 기존에 자신에게 치료를 받던 환자뿐만 아니라, 새롭게 항암제를 시작하는 환자라도 보는 날이면 진료 시간 5분은 어림도 없다. 일반적으로 진료는 한 세션에 네 시간이고, 5분씩 진료를 보면 총 48명이 최대지만, 신환이나 응급 환자 혹은 재진 환자 등으로 인해 정해진 진료 종료 시간을 훌쩍 넘기기 일쑤이다. 바쁜 종양내과 의사의 진료실 내부 사정은 이렇지만, 진료를 기다리는 신료실 밖의 환자와 보호자들은 불만이 많다.

대형 병원 인근에 사는 환자가 아니라면 진료를 보기 위해 새벽에 일어나서 준비를 해야 한다. 항암제 주사라도 맞는 날이면 더 일찍 움직여야 하고, 중간중간 암이 커졌는지 확인하기 위해 조영제를 사용해 컴퓨터 단층 촬영이라도 하는 날이면 금식도 해야 한다. 사진을 찍고 나면 일주일 후 예약 시간에 맞춰 다시 병원을 방문해 종양내과 의사를 만난다. 그러고는 의사의 괜찮다는 말 한마디와 함께 항암 치료를 계속 받을지에 대한 설명을 듣는다.

환자와 보호자는 궁금한 것이 많다. 어디가 얼마나 좋아졌는지, 암에 좋은 음식은 무엇인지, 어떤 생활 습관을 고쳐야 하는지, 지금 손발이 저린데 혹시 암과 연관된 것은 아닌지, 기운이 조금씩 없어지고 있는데 혹시 암이 나빠지는 증상은 아닌지 등등. 그러나 주치의로서 부모처럼 믿고 신처럼 따르는 종양내과 의사의 태도는 사무적이며 심지어 싸늘하기까지 해서 환자, 보호자들은 마음의 상처를 입고는 한다. 내 아픔과 불안에 공감해주는 따스한 의사를 기대하지만, 현실은 대개 그렇지 않다. 의사를 만나기 위해 아침부터 일찍, 예약 시간에 늦을까 봐 부지런히 준비했지만, 5분 남짓의 진료 시간을 끝으로 수많은 궁금증과 불안을 가슴에 묻어둔 채 집으로 돌아올 수밖에 없다.

대형 병원 종양내과에서 치료받는 것이 아니면 사정이 다르겠지만, 당장 2020년 통계˙를 기준으로 전체 암 환자의 30%가 빅5 병원을 이용한다. 상급 종합병원 42곳 가운데 서울 소재 5개 병원에 전체 암 환자의 3분의 1이 쏠리는 현상 때문에 의사나 환자 모두가 불만인 비효율적인 치료가 이어지는 것이다. 빅5 병원에서 항암 치료를 하는 것의 장점은 다양한 환자 경험으로 쌓인 숙련되고 효율적인 병원 시스템을 이용할 수 있다는 것, 그리고 경우에 따라 국내에서 사용하기 힘든 임상시험약을 써볼 수 있다는 것이다. 하지만 단점은 앞서 말한 바와 같다.

어떤 병원을 선택할 것이냐에 뚜렷한 정답은 없다. 각 환자와 보호자가 처한 상황이 다르고, 치료에 대한 생각이 다를 수 있으며, 더 나아가 각각이 지닌 배경(경제적 문제나 삶의 가치관 등)이 다르기 때문에 그들의 선택에 옳고 그름을 판단할 수는 없다.

문제는 말기 암이 되었을 때이다. 환자가 말기 암이 되고 더 이상의 항암 치료가 무의미하다고 판단되면 병원에서는 호스피스나 요양병원으로 가라고 설명한다. 하지만 환자와 보호자들은 이러한 선고를 받아들이지 못한다. 게다가 전신으로 암이 퍼진 상태지만 의외로 건강 상태가 나쁘지 않은 환자들

● "'지방 암환자 30%, 서울 진료'… 대형병원 쏠림현상 심화", 「메디컬타임즈」, 2021년 10월 4일.

은 의사의 판단에 더더욱 분노하고 절망한다. 이때 필요한 것이 웰다잉에 대한 환자 자신의 생각이다. 그러나 환자나 보호자들은 엄습하는 죽음에 대해 충분히 생각해보지 않은 경우가 많다. '어떻게 잘 죽을 수 있을까'라는 고민보다는 '일단은 살자'라는 생각 아래 치료에 매달리게 된다.

종양내과 의사들 또한 잘 알고 있다. 자신이 돌보던 환자에게 '더 이상 쓸 약이 없으므로 치료할 것이 없다. 요양병원이나 호스피스병원으로 전원을 준비하시라.'라며 선고를 내리는 것이 끝이 아님을 말이다. 환자, 보호자들은 마지막의 마지막까지 치료해보고 싶어 하고, 종양내과 의사 또한 그 후에도 필요한 치료가 많다는 사실을 잘 안다. 환자에게는 가장 먼저 통증 조절이 필요하며, 죽음을 앞두고 있다는 불안에서 오는 우울증을 치료할 수 있도록 정신과 약물 치료도 필요하다. 수면 장애도 많이 겪기 때문에 환자가 잠을 충분히 잘 수 있도록 도와주고, 식사를 못할 경우 영양 공급을 위한 수액 치료나 환자 및 보호자 모두를 위한 감정적, 심리적 지지 요법이 필요하다. 이러한 과정이 호스피스 치료인데, 여러가지 현실적인 문제로 인해 종양내과 의사들이 호스피스 치료에 소극적인 경우가 많다. 종양내과 의사는 암을 치료하는 의사이지, 죽음을 준비하는 의사는 아니라는 통념 때문이기도 하다.

치료 환경을 둘러싸고 의사와 환자(그리고 보호자)는 서로 다른 관점을 지니고 서로 다른 기대를 한다. '사망 선고'를 받은 환자나 보호자들은 그동안 부모처럼 믿고 따른 의사에 대한 배신감과 분노, 그리고 이제 끝이라는 절망감에 휩싸인다. 하지만 종양내과 의사들은 그 짧은 진료 시간에 환자에게 가장 필요한 정보를 가장 간결하고 정확하게 전달하고자 노력할 뿐이다.

　　암 치료는 단거리 경주가 아니다. 암의 종류와 병기에 따라 달라지겠지만, 대부분의 암 치료는 장거리 경주이다. 경기 중 다양한 변수가 발생할 수 있으며, 이에 어떻게 대처하는지에 따라 완치라는 결승점을 통과할 수도, 혹은 재발과 전이라는 진흙탕 속에서 헤맬 수도 있다. 결승점을 위해서는 발끝만 바라보고 달려서는 안 된다. 이를 위해서는 결승점이 어디인지 목표를 명확하고 지속적으로 제시하는 내비게이션이 필요하다. 치료의 결승점에서 내가 어떤 모습일지를 생각하며 의사라는 내비게이션을 잘 이용하면 어떨까. 분주했던 진료를 마치고 생각해본다.

나이 든다는 것

◖

나이 든다는 것은 슬픈 일이다. 누군가는 나이드는 것이 성숙을 뜻하며 새로운 성장의 단계라고 말하지만, 의사인 내게 나이 든다는 것은 단지 노화의 과정일 뿐이다. 의학적 관점에서 노화란 세포의 항상성이 깨진다는 의미이나. 우리 몸의 세포는 자신의 기능과 형상을 유지하려는 성질이 있다. 이를 위해 각 세포 단위마다 유전자를 회복하려는 과정들이 있고, 그러한 과정이 제대로 이루어지지 않을 때마다 다음 날 숙취에서 잘 깨지 못한다든지, 이마에 주름이 하나 더 생기는 것이다. 이러한 노화 과정이 이어지면, 몸 여기저기에서 신호를 보낸다. 이것이 내가 아는 '나이 든다'는 것이다.

노화는 또 다른 의미로 퇴행성 변화를 일컫기도 한다. 대표적인 질환 중에 하나가 바로 파킨슨병이다. 뇌 내의 도파민을 생성하는 신경세포의 퇴행성 변화 때문에 보행 장애나 떨림증 같은 비정상적인 운동이 증상으로 나타난다.

파킨슨 증상을 보이는 89세의 남자 환자가 찾아왔다. 밤이면 몸을 제대로 가누지 못해서 이불에 오줌을 지리는 일이 잦았다. 보호자들은 기저귀를 채우려고 했지만 평소 자신감으로 똘똘 뭉쳐 일평생을 강하게 살아온 그에게는 있을 수 없는 일이었다. 파킨슨 약을 먹으면서 움직임이 나아져 어찌어찌 걸을 수 있게 되었지만, 야간뇨와 빈뇨 증상으로 밤에 깊게 잠을 잘 수 없었다.

게다가 요의를 느끼고 화장실로 급하게 갈 때면 바지를 내리기도 전에 소변을 보기도 했다. 발을 제대로 떼지 못하면서 균형을 잡지 못해 방 안에서 넘어지는 일도 잦았다. 한번은 크게 넘어지면서 오른팔에 금이 가기도 했다. 식사도 문제였다. 파킨슨 증상 때문에 손이 떨려서 젓가락질은 물론이고 숟가락조차 온전히 들 수가 없었다. 어찌어찌 입으로 음식을 가져갔지만, 이제는 음식을 제대로 씹을 수도 없고 그나마도 음식 맛을 못 느꼈으며, 가장 큰 문제는 음식을 삼키기 어렵다는 것이었다.

파킨슨 약 중 하나인 도파민 효현제로 인해 그의 성격은 변했다. 안 그래도 고집이 셌는데, 도파민을 올려주는 약을 쓰다 보니 집착과 망상까지 더해져 보호자들을 괴롭혔다. 몸을 못 움직이다 보니 의식이 차차 흐릿해졌고 기억력까지 희미해져 그는 조금씩 자신이 자신이 아닌 것 같은 생각이 들기 시작했다. 휠체어에 앉아 제대로 몸을 가누지 못하는 채로, 외래에서 만난 환자는 말했다.

"사는 게 지겨워. 이렇게 살아서 뭐 하나. 살아도 사는 게 아닌데, 그냥 확 죽었으면 좋겠어. 그런데 그마저도 마음대로 안 되네. 내가 어떻게 하면 좋겠나?"

환자의 병 수발에 지친 보호자들은 하나둘씩 멀어져 갔고, 원만했던 관계는 파탄 난 것처럼 보였다. 환자를 비롯한 보호자들 그 누구도 이러한 결말을 원하지 않았을 것이다. 2020년 기준 대한민국 남자의 평균 기대 수명은 80.5세이다. 가장 많이 사망하는 나이가 85.6세라는 통계에 비추어 보아도 현재 나이 89세라는 이 환자의 잉여 수명은 축복이 아닌 저주였다.

내가 만난 환자들은 대부분 오래 살기를 원치 않았다. 짧게 살더라도 건강하게 살기를 원했다. 환자들이 건강하게 자기 삶으로 돌아갈 수 있도록 돕는 의사로서, 나는 이처럼 퇴행성 변화에 의해 환자들이 무너져갈 때 무력함을 느낀다. 내가 그들에게 해줄 수 있는 것은 그저 위로밖에 없다. 파킨슨병은 계속 진행하는 병이고 나이를 먹어가면서 나빠지는 병이다. 내가 환자들에게 해줄 수 있는 말은 "오늘보다 나은 내일은 없다."이다. 그래서 그들에게 먹고 싶고, 보고 싶고, 하고 싶은 것이 있으면 지금 당장 하라고 한다. 아직 오지 않은 내일의 계획보다는 당장 마주한 오늘의 시간에 집중하라고 이야기하고는 한다.

지친 환자에게 말을 건넸다. 태어나고 싶다고 해서 태어나는 삶이 아닌 것처럼, 죽고 싶다고 해서 죽을 수 있는 삶이 아니지 않냐고. 내가 만난 누군가는 지금처럼 살아 숨 쉬는 것만으로도 고마워한다. 어떤 보호자들은 환자가 이만큼이라도 이야기할 수 있다는 걸 부러워하기도 한다. 위를 보면 끝이 없고 아래를 보면 한도 없지만, 최소한 환자분이 처해 있는 상황이 마냥 슬퍼할 일만은 아니라는 것을 말씀드리고 싶다고 그에게 전했다.

"환자분이나 보호자분 모두 주변의 시선에서 벗어나 오로지 당신들만의 소통에 집중하셨으면 합니다. 그것이 제가 생각하는, 잘 헤어지기 위해서 해야 할 첫 번째 일입니다. 소통하며 서로의 감정을 보듬어 안아주시고, 기억할 수 있는 시간

들을 쌓으시길 바랍니다. 그래야 언젠가 마주할 그날에 서로
웃으며 기분 좋게 헤어질 수 있으니까요."

병실의 걱정인형

❭

84세의 파킨슨병 여자 환자가 중년이 된 딸의 손을 붙잡고 진료실로 들어왔다. 보호자인 딸은 어머니가 파킨슨 약을 처방받아 복용하던 중, 지방에서 혼자서 지내다 보니 약도 잘 안 먹는 등 관리가 안 되면서 최근 들어 증상이 급격히 나빠졌다고 했다. 자식들 중 넷째지만, 결혼을 안 한 자신이 어머니와 함께 살기 위해 이곳으로 모시고 왔노라고 이야기해주었다. 환자는 파킨슨병 증상 때문에 종종걸음을 걷고, 마치 혼자만 다른 시간 속에 사는 것처럼 모든 움직임이 느렸고, 얼굴 표정마저 굳어 있었다. 기존에 처방된 약을 바탕으로 그간 더 악화된 증상에 맞추어 약을 새롭게 처방했으나, 환자는 속이 울렁

거린다면서 모든 복약을 거부했다.

하지만 사실 환자가 호소한 구역감은 소화불량이나 약 부작용 때문이 아니었다. 약을 복용하는 상황이나, 작은 스트레스라도 받으면 그녀는 입안에 손가락을 넣어 일부러 구토를 했다. 이런 상황이다 보니 파킨슨 약이 적절하게 투약되지 못했고, 그러면서 환자의 증상은 점점 더 안 좋아졌다.

전에는 손을 잡고 부축하면 걸을 수 있는 상태였지만, 약을 먹지 않으면서 병세가 빠르게 악화되어 이제는 제대로 앉아 있기 어려울 정도가 되었다. 그렇지만 환자가 일부러 구토를 하는 상황에서 억지로 약을 복용시키다가는 자칫 이물질이 기관지로 들어가며 흡인성 폐렴이 생길 위험이 높았기 때문에 투약을 강권하지는 않았다. 환자는 안타깝게도 기억력마저 조금씩 지워지고 있었다. 치매 약도 복용해야 하는 상태였다. 나는 파킨슨 약을 최소한으로 조절히면서 가루로 약을 빻아서 주었고, 시럽이나 파스로 된 치매 약을 처방해주었다.

/

마지막 외래 진료 뒤 6개월이 지난 무렵 환자의 딸이 어머니와 더 이상 같이 있을 수 없는 상황이라며 의사인 나에게 조언을 구하러 찾아왔다.

컨디션이 좋아져 정신이 돌아오는 날이면 환자는 딸에게 "나 때문에 네가 고생이 많구나."라며 말을 건네기도 했지만, 대부분은 종일 꼼짝도 하지 않고 누워서 멍하니 천장만 바라보았다. 그러다 어느 날 갑자기 울면서 잘 알아들을 수 없는 말로 고향집으로 돌아가고 싶다고 짜증을 부리기 시작했고, 그런 날이 점점 많아졌다. 상태가 좋지 않은 날에는 식사도 잘하지 않고, 때로는 죽은 다른 딸을 찾기도 하고, 그녀를 돌보아주는 넷째 딸을 알아보지 못하는 것은 물론 딸이 자신을 죽이려 한다는 망상 속에서 딸을 때리기까지 했다. 넷째 딸의 몸과 마음은 피폐해지고 있었다. 다른 형제들은 먼발치에서 말로만 응원할 뿐 해결책을 제시하지 못했다. 중증 치매와 중증 파킨슨병의 결합. 이 어려운 상황에서 가족 외에 어머니의 병에 관해 가장 잘 알고 있는 나에게 찾아온 것이다.

잠깐의 정적 뒤에 나는 조심스럽게 말했다. 어머니는 약을 꼭 먹어야 하며, 요양병원으로 모시는 것을 알아보라고. 딸은 울음을 터뜨렸다.

아마 그녀도 내심 그런 결론을 생각했을 것이다. 가족 중그 누구도 어려운 간병 상황을 함께 진지하게 고민해주지 않는 데서 오는 외로움 끝에, 요양병원으로 갈 필요가 있다는 의사의 말을 듣는 순간 '그게 맞다'고 생각하는 동시에 자신에 대한 혐오와 어머니에 대한 죄책감으로 눈물이 났을 것이다. 딸의 울음이 잦아들 때쯤 나는 그녀에게 말했다. 고생하셨다고. 그러나 고생만 하는 마무리여서는 안 된다고. 그것은 보호자 자신을 위한 것만이 아니라 병을 앓는 어머니를 위한 것이기도 하다. 의사는 정확하게 진단하고 다음 상황을 전망해야 한다. 환자가, 그리고 보호자가 그 '다음'을 바탕으로 결정을 내릴 수 있도록.

"지금 어머니께서는 후기 치매, 그리고 후기 파킨슨병을 동시에 앓고 계십니다. 앞으로 어머니는 말하는 것도 잊으실 것이고, 음식을 삼키는 것조차 어려워하실 겁니다. 섬망 증상은 더 심해지고요. 빠르게 나빠지는 환자의 상태를 고려할 때 지금처럼 보호자분께서 오롯이 혼자 환자를 간병하는 것은 무척 힘들고 고된 일입니다."

잠깐 숨을 고르고 덧붙였다.

"저는 환자분과 보호자분께서 서로 잘 헤어지셨으면 합니다. 그러한 이별의 과정이 지금처럼 서로의 마음에 상처를 입히는 방식이 되지 않기를 바랍니다. 죽음 이후에는 아무것도 남지 않습니다. 고인에 대한 기억만이 남을 뿐입니다. 그러니 지금부터라도 잘 헤어지기 위해서 본인의 감정과 마주하고 현실에 집중하셨으면 합니다."

'잘 간병할 것'이 아니라 '잘 헤어질 것'을 조언하는 의사의 말에 딸은 한동안 생각에 잠겼다. 그리고 결심한 듯 고개를 두어 번 끄덕이고는 진료실을 떠났다.

그 뒤로 딸은 꾀를 내 처방된 약을 죽에 섞어서 어머니에게 먹였다. 원래는 캡슐약이나, 장시간에 걸쳐 천천히 분해되게끔 설계된 서방형 제제의 약들은 가루로 복용하면 안 된다. 물과 함께 복용하지 않으면 흡수가 잘되지 않아 충분한 약효가 나타나지 않기 때문에 이런 방식으로 복용해서는 안 되지만 환자의 상황을 고려한 어쩔 수 없는 선택이었다. 그렇게라도 조금씩 약을 먹자 환자의 상태는 눈에 띄게 좋아졌다. 전보다 더 움직일 수 있게 되었고, 정신이 돌아오는 시간이 늘었으며, 특히 울거나 짜증내고 화내는 빈도가 줄었다. 그러자 딸은 또다시 고민하기 시작했다. 이렇게 좋아지고 있는데 어머니를 요양병원에 버려두는 불효를 저질러 후회를 하지 않을까 생각한 것이다.

그렇지만 어느 부모노 자식을 유치원에 데려다놓는다고 죄책감을 느끼지 않는다. 지금 상황도 이와 다르지 않다. 유치원생 자녀를 둔 부모가 좋은 유치원을 찾아서 답사도 하고 주변 평판도 참고해서 아이를 어디로 보낼지 선택하는 것처럼,

보호자도 어머니를 위한 자리를 찾는 것이다. 이런 관심이 어머니에게 더 나은 치료 환경을 만들어줄 것이고, 그런 조건에서 차차 가족 모두가 충분히 좋은 헤어짐을 맞을 수 있는 시간이 만들어질 것이다.

죽음이라는 헤어짐은 결국 한순간의 영원한 이별이 아니라, 마음속에 남는 과정이다. 한 사람에 대해 좋은 기억을 가지고 헤어지는 것이 우리가 준비해야 할 마지막이 아니겠느냐고, 나는 환자의 딸에게 이야기했다.

/

"우리 남편은 아수 유병한 수학 신생이었어요. 이런저런 수학 교습법도 많이 만들고 능력도 인정받아서 전국에서 알아주는 유능한 선생님이었는데, 젊어서 머리를 많이 써서 그런지 머리가 빨리 망가진 것 같아요. 무척 똑똑했던 사람인데 지금은 말하는 것도 잊어버린 것 같아요. 속상해 죽겠어요. 하루 종일 멍하게 앉아만 있어요. 밥 먹자는 말이 없으면 밥도 안 먹는다니까요. 지금은 바지에 오줌을 싸서 기저귀를 채워놨어요. 치매가 온 걸까요?"

부인의 손에 이끌려 진료실을 찾은 이는 68세 남자 환자였다. 그는 이것저것 묻는 의사에게 흐리멍덩한 눈빛으로 대답 없이 슬며시 미소만 지었다. 몇 가지 검사 후, 나는 그를 알츠하이머병에 의한 중증의 말기 치매로 진단했다. 조심스럽게 환자의 부인에게 물었다.

"그동안 왜 병원을 찾지 않으셨죠?"

"남편이 집에서는 워낙에 말수가 없는 사람이었고, 은퇴하면서 성격이 조금 바뀌었다고만 생각했어요. 치매일 거라는 생각은 못 했어요."

그녀는 고생을 많이 한 남편이 안쓰러워 자신이 조금 더 희생하면 된다는 생각으로 남편을 알뜰히 보살펴왔다고 했다. 그제야 말기 치매 환자임에도 깔끔하게 빗어 넘긴 머리와 은은한 비누 향, 그리고 깨끗하고 멋지게 옷을 차려 입은 환자의 모습이 눈에 들어왔다.

말기 치매가 되면 혼자서는 일상생활이 불가능해진다. 그는 자신을 살뜰하게 보살피는 아내를 알아보지 못하고, 주변 상황이나 시간도 인식하지 못한다. 이 단계가 되면 주변에 대한 관심이 이예 사라진다. 언어 능력도 떨어져서 대화는 불가능해지고, 간단한 단어를 이야기할 정도만 된다. 조금 더 진행되면 단어조차 말할 수 없어, 알 수 없는 소리만 내기도 한다. 치매가 진행될수록 환자 스스로 할 수 있는 일들이 줄어드는 동시에 그동안 환자를 돌보아오던 보호자들이 지치는 경우가 많아서, 환자의 몸에서는 심한 냄새가 난다. 심각한 치매 상태에 비해 단정하고 깨끗한 이 환자의 외양에서 나는 아내의 고된 노력을 가늠할 수 있었다. 하지만 남편과 같은 나이의 노년의 아내가 이렇게 힘들고 고된 병간호를 언제까지고 유지할 수는 없었다.

"남편분은 심각한 치매 상태입니다. 치매는 뇌의 퇴행성 변화와 관련된 노화에 의한 질병입니다. 다시 말해 치매는 낫는 병이 아닙니다. 치매가 나으려면 나이 먹으면서 없어지는 뇌세포가 다시 살아나야 하지만, 현대 의학으로서는 뇌세포를 되살릴 수 있는 방법은 없습니다. 따라서 현재 치매 치료의 목적은 병의 진행을 늦추는 데 있습니다. 제가 메만틴이라는 치매 약을 드릴 거예요. 그렇지만 약을 먹더라도 병이 낫지는 않습니다. 서서히 진행될 뿐이에요. 게디가 남편께서는 나이에 비해 병의 진행이 빠르기 때문에 예상보다 더 안 좋아질 가능성이 큽니다."

몇 개월 후 아내 혼자 외래에 찾아왔다. 남편이 밥을 안 먹는다는 것이다. 음식을 입에 물고만 있고 삼키지 않는다면서, 약도 못 먹는데 어떻게 해야 하느냐고 물었다. 환자와 함께 오고 싶었지만, 도통 걸으려 하지 않아서 급한 대로 혼자 왔다고 하소연을 했다.

심각한 단계였다. 환자가 이제는 삼키는 것도, 걷는 것도 잊어버리는 단계에 이른 것이다. 보호자에게 환자의 상태를 일러주고, 콧줄을 통한 영양 공급 방법과 앞으로 아예 걷지 못해 침대에서만 지내야 할 가능성이 높기 때문에 욕창 방지 매트를 포함한 병상 침대를 준비할 것을 조언했다. 보호자는 고된 병수발로 야위어 있었다. 냉정한 말을 해야 했다.

"그동안 아내분께서는 남편을 위해 최선을 다하셨습니다. 그런 노력의 이유가 사랑이든 존경이든 측은함이든 간에, 그 과정에서 아내분을 포함한 보호자들이 지치거나 힘들지 않았으면 합니다. 냉정히 말해, 환자분은 옆에서 누가 자신을 돌보는지 모릅니다. 지금까지의 남편분을 그렇게 깔끔하게 돌보아오신 데는 아내분의 도덕적 책임감이 큰 몫을 했겠죠. 그렇지만 남편분의 상태는 앞으로 분명 나빠질 수밖에 없습니다. 살이 빠질 정도로 노력하신 뒤에, 환자분 사후에 아내분께서는 어떤 감정이 남을까요?

그리고 그렇게 길고 고된 간병 과정에서 아내분의 건강까지 나빠지는 것이 과연 환자분과 올바르게 잘 헤어지는 방법인지 의문이 듭니다. 환자에 대한 미안함이 크시다면 저를 핑계로, 의사가 그렇게 이야기해줬다는 구실 삼아 잠시 그 짐을 내려놓으시면 좋겠습니다."

　답을 고민하러 진료실 문을 나서는 보호자를 두고 이런 생각을 해본다. **의사는 걱정인형일지도 모른다고.** 과테말라의 고산지대 원주민이 만든 걱정인형은 고민이 많아 잠을 못 자는 아이들에게 전해주던 것으로, 이 인형에 걱정을 이야기하고 베개 밑에 두고 자면 자는 동안 그 걱정을 걱정인형이 대신 해준다고 한다. 생물학적 인간으로서 어찌할 수 없는 노화라는 질병 앞의 환자, 그리고 조금씩 나빠져가는 환자를 옆에 두고 두려움과 죄책감에 빠지는 보호자들에게, 의사는 그들이 조금 더 나은 선택을 할 수 있도록, 그리고 감정의 늪에서 빠져나올 수 있도록 그들의 고민을 안고 가는 존재인지도 모르겠다.

살아 있는 날의 장례식

◖

한 사람이 죽고 나면, 남아 있는 사람들은 의식을 치른다. 장례식이다. 장례식은 망자를 기억하는 축제가 되어야 하고, 남은 이들에게 위로가 되어야 한다.

가까운 사람과의 영원한 이별은 슬픈 일이다. 슬픔의 무게가 너무 커서 감당이 안 될 때, 주변 사람들의 위로는 큰 위안이 된다. 장례식의 본질적인 의미가 이렇게 죽은 사람을 기억하는 사람들이 모여 그 사람을 추억하고 서로 위로하는 것인데, 오늘날의 장례식은 전통이라는 이름 아래 허례허식으로 변질된 것 같다.

장례식은 사망한 날부터 시작해서 3일간 진행된다. 사람이 죽고 나면 보통 장례식장으로 시신을 옮기고, 사망진단서나 사체검안서가 발급되면 첫째 날은 시신을 장례식장에 안치한다. 그 후 빈소를 선택하고 영정 사진을 준비하며 경우에 따라 영좌를 설치한다. 이어서 수의와 관 등 장례용품을 선택하고, 화장을 한다면 화장시설을 예약하고 주변에 고인의 죽음을 알리는 부고장을 보내거나, 전화나 문자로 소식을 알린 뒤 제사를 지낸다.

　　둘째 날에는 시신의 몸을 씻기는 염습을 하고 입관을 한다. 입관 후에는 본격적으로 문상객을 맞이하고, 셋째 날이 되면 발인을 하는데, 시신이 있는 관이 장례식장을 떠나는 과정을 말한다. 발인 과정 중 장례식상 이용 비용이 징신된다.

　　원가 보전이 불가능한 저수가 체제에서 장례식장은 병원의 대표적인 수익 창출원이다. 외국과 달리 우리나라는 부모가 병원에서 생을 마감하고 대학병원 장례식장에 모셔지면 자식이 마지막 효도를 했다는 인식이 있다. 아무도 병원에서 죽는 것을 원치 않지만, 결국 마지막에는 병원으로 가는 문화가 생겼다. 그 결과 2022년 기준 전국 1102개 장례식장 중 병원 장례식장이 637개다. 사람을 살리는 병원에 장례식장이 있는 것이 당연한 풍경인지는 의문이다.

대부분의 병원이 기존에 영안실이던 곳을 장례식장으로 바꾸며 빈소가 지하에 있는 경우가 많다. 이 경우 감염병 위험이 높고, 문상객을 위한 음식 관리에도 문제가 생긴다. 좁은 공간에 빈소가 여럿 들어서며 평안하고 조용한 장례식을 치르기도 어렵다. 비용 문제도 있다. 장례식장은 장례 물품 비용을 투명하게 공개하지 않는다. 2016년에는 10여 개 국립대 병원 장례식장 마진율이 37%라는 사실이 공개되기도 했다. 1300원짜리 양초를 6500원에 팔기도 하고, 원가 30만 원대의 꽃 장식을 60만 원에 팔기도 하며, 20만 원 내외의 관을 100만 원에 판다. 장례식장이 이렇게 마진을 많이 남겨도 상주 입장에서 세세하게 따져 물을 수도 없다. 전통적인 유교 사상이 남아 있는 장례 문화에서 이런 행동이 자칫 불효처럼 비춰질 수 있기 때문이다.

장례식장의 가장 큰 수입원은 식당이다. 그 외에도 앰뷸런스 이송비, 예복 대여, 염습료, 수세료, 장의차 대여료 등의 다양한 명목의 비용이 책정되어 있다. 화장을 한다면 납골당 비용이 추가된다. 한마디로 돈이 없으면 죽지도 못하는 것이다.

망자와 그를 기억하는 사람들이 작별 인사를 하는 의식, 장례식이 왜 이렇게 복잡하고 비용이 많이 드는 것인지 모르겠다. '고인의 마지막 가시는 길'이라는 말로 어떠한 고민 없이 획일화한 현재의 장례식 문화에는 내가 생각하는 장례식의 본질적 의미, 말하자면 망자를 기억하는 **축제**이자, 남은 사람들끼리 나누는 **위안**은 없다. 지금의 염습, 완장, 영정, 수의가 왜 생긴 것인가, 이게 예법이고 전통이라는데 누구를 위한 예법인가.

망자에게는 수의로 삼베옷을 입힌다. 평상복도 아닌 삼베옷은 왜 죽을 때만 입을까? 이는 1934년 일제강점기 조선총독부의 「의례준칙」에서 시작한 것으로 알려진다. 당시 조선총독부는 우리나라의 관혼상제와 같은 의식에서 허례허식을 걷어내겠다며 일종의 지침을 내렸는데, 이때 지금의 완장, 삼베수의, 영정, 국화꽃 장식 같은 것이 도입되었다. 전통적으로 유교 문화에서는 부모를 여윈 자식은 죄인이라는 의미로 거친 삼배로 만든 굴건제복을 입어왔으나, 일제는 이를 생략하고 왼쪽 가슴에 검은 리본을 달게 하고 완장을 채웠다. 또한 원래 고인에게는 생전에 제일 좋은 옷으로 수의를 입혔는데, 이를 죄인들이 입는 삼베옷으로 대체했다. 허례허식을 걷어낸다는 명분이었지만 당시 비단이라는 자원을 수탈하기 위한 것이라

는 해석도 있다. 죄인이 입는 거친 삼베옷을 왜 고인이 입어야
하는가. 효심의 발로라면 고인에게는 생전에 제일 좋은 옷을
입혀드리는 것이 올바른 일이 아닐까?

전통적으로 우리나라 장례 문화에는 꽃이 없었다. 상여
에 다는 수파련이라는 종이 꽃이 있을 뿐 생화를 사용하지 않
았다. 지금 영정 주변에 올리는 국화 단이나 근조 화환 등은
원래 없던 것이다. 우리나라의 전통 장례식에서는 본래 영좌
뒤에 병풍을 친다.

그뿐만 아니라, 전통이라는 이름으로 무작정 시행하던
장례법도 시대의 흐름에 맞게 바뀌어야 한다. 전통적 장례 절
차 중 하나인 염습은 고인의 몸을 깨끗이 하고 수의를 입히는
과정을 말한다. 그러한 염습 과정에서 고인의 입에 불린 쌀과
엽전 혹은 구슬을 물려 입안을 채우는 '반함'을 하고 고인을 끈
으로 묶는 '염포(몟베)'를 한다. 반함은 망자가 저승 가서 먹고
쓸 양식과 용돈이라는 의미도 있지만, 현실적으로는 냉방 장
치가 없던 과거에 시신을 보존하던 중 입과 코에서 나오는 침
출물을 막기 위한 복적이기도 했다. 과거에는 죽은 사람이 살
아 있을 수도 있다는 생각에 시신을 따뜻한 아랫목에 보존하
면서 먼 곳의 친척이 문상 올 때까지 며칠을 기다려야 했고,
그런 중 시신이 부패하며 나오는 침출물을 막을 필요가 있었

던 것이다. 하지만 지금처럼 냉방 장치에 시신을 보존하고, 전국이 일일생활권이 된 문화에서 반함은 의미가 없다.

염포도 마찬가지다. 염포는 시신을 보호하기 위한 것으로, 관에 넣은 시신을 이장지로 이송할 때 관 속에서 시신이 움직이는 것을 막기 위한 것이었다. 하지만 지금은 장의차로 안정적으로 이송한다. 전통이라는 이름으로 무의식적으로 치러지는 지금의 장례 문화는 장례식의 본질과는 거리가 있다. 나는 망자와, 그를 기억하는 남은 이들이 이 식의 주인공이 되어야 한다고 생각한다.

／

지금의 장례 문화에 대한 의문 끝에 나의 장례식을 고민하다 보면 **생진 장례식**이라는 것에 생각이 머문다. 생일잔치처럼 지인들을 불러 모아 그간의 생을 반추하며 잘 살아온 내 인생의 아름다운 마무리를 축하하는 것이다. 죽는 것을 왜 슬프게만 생각하는지 모르겠다. 나는 장례식을 선택하고 싶다. 내가 죽은 다음 가족과 친척, 친구, 가까운 지인들이 나 없는 곳에서 3일 동안 울고 부르짖어봐야 나에게 무슨 의미가 있는가 싶다. 삶과 죽음의 경계에서 선택할 수 있다면, 나는 장례

잔치를 하고 싶다. 나를 아는 사람들을 모두 불러 작별 인사를
하고 싶다.

부고장

XXXX년 X월 X일 오후 X시
나의 장례 잔치에 당신을 초대합니다.
당신의 손을 잡고 웃을 수 있을 때 작별 인사를 하고 싶습니다.
그동안 감사했다고, 그리고 미안했다고 말하고 싶습니다.
당신의 얼굴을 보고 싶습니다.
검은 옷 대신 밝은 색의 예쁜 옷을 입고 오세요.
나를 기억하는 당신에게 작별 인사를 하려고 합니다.

당신을 보고 싶은
박광우 드림

죽음 이후에 벌어지는 일은 나에게는 아무런 의미가 없
다. 나는 살아 있을 때, 지인을 불러 식사하면서 "이제 당신과

나는 여기까지다. 그동안 고마웠고, 잘 살아라."라는 작별 인사를 하고 싶다.

　이별은 아쉽지만, 잘 살아온 인생을 축하해주는 기쁜 날로 만들면 안 될까? 태어난 날을 축하하는 것처럼, 죽는 날에도 축하해주면 안 될까? 나를 위한 장례식인데 왜 나는 그런 장례식을 보지 못하는가? 주인공 없는 드라마이지 않은가?

　생전의 장례 잔치를 통해 작별 인사를 하는 장면을 그리다 보면 나를 기억하는 남은 이들에게 생각이 다다른다. 웰다잉은 죽음의 당사자를 위한 것이지만, 다른 한편 그 죽음의 주변 사람들을 위한 것이기도 하다. 죽음의 과정에서 한 사람의 죽음을 지켜본 남은 이들과의 관계를 잘 정리해야 한다. 당사자는 이 세상을 떠나서 홀가분할 수도 있지만, 남은 이들은 망자의 부재에 아쉬워하고 영원한 이별에 슬퍼하기도 한다. 이내 필요한 깃이 남은 자들끼리의 위로와 위안이다. 죽음 이후의 장례식이 필요한 이유이다.

　남은 이들(주로 가족이겠지만)은 그들끼리의 사회적 관계가 있다. 남은 이들은 친구나 다른 인연들에게 위로를 받기도 한다. 그들은 망자를 알지 못하지만, 그럼에도 함께 살아 있기에, 사회적 관계와 맥락 속에서 서로 위로를 주고받는다.

　현실에서는 장례식이 끝나면 이제는 고인을 위해 생일

과 기일에 맞추어 제사를 한다. 돌아가신 부모님의 영혼을 기리기 위해서다. 영혼이 된 부모님이 조상신이 되어 후손을 지키고 복을 가져다줄 거라는 기복 신앙이 제사에 담겨 있다. 내가 생각하기에, 제사도 장례식의 연속선상에 있다. 현대 사회에서 조상신을 모시고 후손의 안녕과 번영을 기원하는 제사의 의미는 퇴색되었다. 나는 제사도 장례 잔치처럼, 고인을 추모하고 기억하는 시간으로 다시 꾸려졌으면 좋겠다. 생일이든 기일이든 1년에 한 번씩 고인을 기억하는 사람들이 모여 고인에 대한 일화를 이야기하며 그의 행동과 생각을 반추한다. 고인과 관련된 영상이나 사진을 같이 보면서 식사를 하고 서로 유대한다. 이것이 내가 그리는 제사의 방식이다. 이렇게 남은 이들은 위안을 얻고, 점차 고인에 대한 망각을 통해 평안을 얻는다.

3부
죽음을 똑바로 바라볼수록 삶은 더 선명해진다

죽음은
우리가 모든 것을 다 해결한 뒤에 편안하게 찾아오는 것이 아니다.
세상에는 한 일과 안 한 일이 있을 뿐,
'하려고 한 일'은 없다.
한 사람의 죽음 뒤에 오는 산 사람들의 '하려 했던 일'에 대한 후회는
영원히 바로잡을 수 없다.
다양한 죽음의 장면을 그 누구보다 가까이서 지켜봐왔던 나는
좋은 죽음이 무엇인지 늘 고민한다.
그래서 나는 죽음 후에 다가올 것들을 잊은 이들에게,
그들이 '하려고 한 일'들을 할 수 있도록 말을 건넨다.

마지막 순간을 상상하다

▶

"우리 그이는 지금 무슨 생각을 하고 있을까요? 아픈 것을 느끼고는 있을까요? 내가 옆에 있다는 것을 알고는 있을까요?"

전이암 때문에 생긴 심한 통증으로 다량의 모르핀 주사를 맞고 있던 환자의 부인이 나에게 물었다.

많은 암 환자, 그리고 보호자들은 나에게 이따금씩 묻고는 한다. 암 환자가 어떻게 죽는지, 얼마나 아플지, 이들이 어떤 상태이고 어떤 생각을 하는지.

그런 질문을 받으면, 나는 상상하게 된다. 죽은 이 외에는 누구도 알 수 없는 죽음의 실제를 상상해보게 된다.

/

　나는 폐암 환자다. 열심히 치료했지만 재발했고 급기야 척추뼈로, 경추뼈로 전이되면서 목과 왼쪽 팔에 심한 통증이 오고 있다. 신경이 너무 많이 눌려서 한 차례 목 수술도 받았고 그 뒤에는 방사선 치료까지 받았지만 암은 그렇게 쉽게 물러가지 않았다. 다른 검사에서는 암의 전이가 심해졌고, 종양내과 의사는 더 이상 쓸 항암제가 없다고 한다. 마지막으로 세포독성 항암제가 남아 있기는 하지만, 의사는 현재 내 몸 상태로는 견딜 수 없을 거라고도 말한다.

　의사가 암이라고 했을 때 화가 났다. 왜 나에게 이런 일이 생겼는지. 담배도 안 피웠던 내가 폐암이라니. 직장에서는 유능한 직원이고 집에서는 자상한 남편이자 훌륭한 아빠인 내게 왜 이런 일이 생겼는지 이해할 수 없었다. 주말마다 교회도 열심히 다녔던 내게 하나님께서 왜 이런 시련을 주신 것인지 묻고 싶었다. 치료를 열심히 받으면 살 수 있다는 말에 2년간 힘들게 견뎌온 치료의 시간과 노력을 되돌리고 싶다. 어차피 이렇게 될 것이었다면 내 사랑하는 가족들을 힘들게 하지도 않았을 테고, 그들과 조금 더 오랜 시간을 같이 보냈을 텐데. 이럴 줄 알았다면 2년 동안 입에도 대지 않던 맥주라도 실컷 원

없이 마셨을 텐데.

다시 통증이 시작된다. 왼쪽 팔 전체에 저릿저릿한 통증이 번개처럼 내려친다. 팔을 움직일 수 없다. 이미 왼쪽 팔의 신경이 예민해져서 팔을 움직이거나 손에 뭐가 닿기만 해도 자지러질 듯이 아프다. 팔이 제일 많이 아프기는 하지만 목과 등의 통증도 심해서 똑바로 눕지도 못한다. 자려고 누우면 뒷목과 등이 눌려 5분 이상을 누워 있지 못한다. 그렇다고 옆으로 눕지도 못해서 잠도 앉아서 잔다. 통증 때문에 뜬 눈으로 밤을 새는 경우도 많아졌다. 게다가 이놈의 통증이 하루에도 몇 번은 갑자기 심해진다. 그럴 때면 정말 죽고 싶다.

그럭저럭 견딜 만한가 싶다가 격렬한 통증이 갑작스레 휘몰아치다 보니 입맛도 없어졌다. 이제는 아플까 봐, 그린 죽을 것 같은 통증이 언제 어떻게 다시 올지 몰라서 무섭다. 이미 마약성 진통제를 먹고 있지만 효과가 없다고 하니 의사가 주사제로 바꿔주었다. 마약 주사는 처음에는 효과가 없는 듯하더니 용량을 올리고 나니 통증이 조금 잠잠해진다.

약 때문인지는 몰라도 이제는 하루 종일 졸리기만 하다. 병원에서 주는 식사도, 집에서 해 온 죽도 못 먹겠다. 무기력하고 하루 종일 머릿속이 안개에 갇힌 듯이 멍하다. 방금 간호사가 뭐라고 한 것 같은데 기억이 안 난다. 집에 있는 아이들과 영상통화를 한 것 같은데, 그것이 어제인지 오늘인지 헷갈린다.

식사를 거의 하지 못하니 간호사가 팔에 영양제를 놓아준다. 그 덕분인지, 아니면 통증 때문인지, 아니면 마약 때문인지 배가 고프지 않다. 졸린 듯이 멍한 듯이, 어제가 오늘 같고, 오늘이 내일 같은 하루가 반복된다. 나를 깨우는 것은 통증뿐이다.

갑자기 추워진다. 이가 시릴 정도의 한기가 엄습하면서, 온몸에 기운이 없고 열이 난다. 며칠 전부터 잔기침이 있더니 이제는 숨 쉬기가 버겁다. 의사는 폐렴이라면서 항생제를 처방했지만, 가래를 뱉어내지 못하는 나의 체력으로는 더 이상 회복하기는 어려울 것 같다.

숨 쉬기가 힘들어지니 어서 빨리 죽고만 싶다. 죽으면 조금 더 편안해질까. 죽고 나면 죽음 이후에는 뭐가 있을까. 지금이라도 발병 이후 신께 냉담해왔던 나 자신을 반성하고 하나님께 기도드려야 하나. 지금이라도 열심히 기도드리면 하나님께서 나를 불쌍히 여기셔서 기적처럼 회복시켜주시지 않을까?

내가 죽고 나면 내 가족들은 어떻게 될까? 내 가족은 날 어떻게 기억할까? 금방 잊겠지? 두렵다. 나는 그들에게 과연 어떤 사람이었을까? 의식이 점점 흐릿해진다. 가끔씩 면회를 왔던 아내의 눈물 젖은 표정을 보니, 이제 다 왔다는 느낌이 든다. 이제 와 다행인 것은 기관삽관이나 인공호흡기 치료를 받지 않겠다고 의사와 가족들에게 미리 이야기해둔 것이다. 그런데 한편으로는 무섭다. 열이 나고 가래가 끓기 시작하면서 한 숨 한 숨 내쉬는 것이 힘들다 보니, 인공호흡기 치료를 받았어야 했나 하는 후회가 든다.

어지럽다. 몸이 침대 안으로 쑥 꺼지는 것 같다. 조금씩 눈앞이 깜깜해져온다. 어지럽고 기운이 없으니 눈을 뜰 힘조차 내기 힘들다. 힘들게 실눈을 떠서 바라본 풍경에는 다행히 가족들이 보인다. 친한 친구들도 몇 명 있다. 그들의 슬픈 얼굴을 보니 나름 나쁘지 않게 살아온 것 같다. 나의 죽음을 슬퍼하고 아쉬워할 사람들이 있다는 사실에 안도감을 느낀다.

이제 정말 다 온 것 같다. 그동안 힘들게 나의 병 수발을 해준 아내에게 고맙다는 말을 못 한 것이 후회가 된다. 아이들과 시간을 조금 더 많이 보내지 못한 것이 아쉽다. 그때 그 친구에게 몹쓸 말을 한 것이 후회가 된다. 조금 더 잘 살지 못한 것에 미련이 남는다. 하지만 어쩌겠는가. 이제 돌이킬 수 없는 것을. 그리고 고통 속에서 오늘인지 내일인지도 모를 하루하루를 연명하며, 내 자신의 의지대로 살지 못하는 말기 암 환자의 삶으로 돌아가고 싶지는 않다.

　조금씩 어두워진다. 의식이 흐려지며 세상이 깜깜해져
온다. 무서운 마음에 '죽고 싶지 않아.'라고 소리치고 싶지만
목소리가 나오지 않는다. 조금씩 나를 옭아매는 어둠 속에는
극도의 고요함이 묻어 있다. 시력을 잃어가는데 청력마저 앗
아가는 것처럼, 깜깜해져가는 세상 속에 소리들이 들리지 않
는다. 완벽한 어둠과 완전한 무음이 되었을 때, 나는 비로소 편
안함에 다다를 수 있었다.

산 사람은 살아야지

◖

신경외과 전공의 시절 응급실 당직을 서던 어느 날이었다. 몸과 마음이 피폐해가던 신경외과 전공의 1년차 말이었기 때문에, 오늘 하루도 응급 환자 없이 무탈하게 마무리되기를 기도했다. 이러한 바람과는 다르게, 술에 취해 넘어져 미리가 찢어진 환자와 소리 지르는 정신증 환자 사이로 날카로운 구급차 소리가 들려왔다.

뇌동맥류 파열에 의한 응급 뇌출혈 환자가 실려 온 것이다. 73세 남성으로, 새벽에 화장실 문 앞에서 의식을 잃고 쓰러졌다고 했다. 응급실 도착 당시 그는 이미 준뇌사 상태였고, 동공 반사가 일부분 소실되었기 때문에 안정적으로 호흡을 유지할 수 있도록 기관삽관을 시행했다. 컴퓨터 단층 촬영 영상에서는 다량의 뇌 지주막하 출혈이 확인되었다. 그리고 이후 시행한 뇌 혈관 검사에서 뇌동맥류 파열에 의한 뇌 지주막하 출혈을 확인할 수 있었다.

혈관 내 코일색전술*과 함께 뇌압을 낮추기 위한 뇌실배액술이 응급으로 시행되었다. 뇌동맥류는 뇌에 피를 공급하는 동맥의 이상으로 인해 혈관 벽이 얇아져서 풍선처럼 부풀어오르는 것을 말한다. 얇아진 혈관이 우연한 계기로 터지면서 피가 나오는데, 압력이 높은 동맥 혈관이 터진 것이라 출혈량이 많고, 환자의 의식 수준도 급격히 안 좋아진다. 통계상 뇌동맥류가 파열되는 순간 3분의 1의 환자가 갑작스럽게 뇌압이 상승하며 극심한 두통을 느끼고, 다른 3분의 1은 이 환자처럼 의식 변화를 포함한 신경학적 장애를 얻고, 나머지 3분의 1은 사망한다.

응급으로 할 수 있는 조치는 모두 취했지만 발견 당시 다량의 뇌출혈로 인해 뇌부종이 심해져 뇌압이 높아졌고, 이 때문에 뇌경색이 진행되어 환자의 예후는 좋지 않았다. 보호자

●　코일색전술: 동맥류 내에 미세한 백금 코일을 삽입하여 혈류를 차단함으로써 출혈을 방지하는 혈관 내 치료법을 말한다.

들은 하루가 멀다 하고 매일 중환자실 면회를 하면서 환자의 상태를 살폈다. 큰아들은 당시 주치의였던 나를 만날 때마다 우리 아버지를 꼭 살려달라고 간절히 부탁했다. 그러나 환자의 의식은 깨지 않았고 중환자실 치료 기간은 길어져만 갔다. 중환자실 치료 2개월이 지날 즈음, 보호자들의 방문이 뜸해지기 시작했다. 그리고 3개월이 지났다. 큰아들이 병원에 혼자 나타났다.

오랜만에 만난 그와 간단한 안부 인사를 나누고, 늘 하던 것처럼 부탁의 말이 이어지리라 생각한 순간 그는 조용히 말했다.

"아버지를 죽여주세요."

복도에 정적이 흘렀다.

그는 환자 치료에 적극적인 보호자였고, 이러한 극적인 변화는 경험 없는 전공의를 당혹감에 빠뜨렸다. '죽여달라'는 말의 강렬함 때문이었는지 그 뒤에 어떤 대화가 오갔는지는 잘 기억이 나지 않는다.

우연인지 환자는 얼마 후 치료 중이던 폐렴이 악화되어 결국 패혈증으로 사망했다. 담당 의사로서 사망 선고를 하기 위해 보호자들 앞에 선 순간, 다시 한 번 놀랄 수밖에 없었다. 한동안 아버지를 찾지 않던 아들딸이 모두 모여 정말 서럽게 울고 있던 것이다. 자세한 내막은 알 수 없지만 전해 들은 바로는 긴 치료 기간 동안 불어난 병원비, 현재 홀로 있는 어머니를 어떻게 모실지를 둘러싼 언쟁, 아버지의 갑작스러운 부재로 인한 재산 분쟁 등이 있었다고 했다. 가족들이 그러는 동안 아버지는 돌아가셨다. 사랑하는 아버지가 당장이라도 사라질 수 있다는 사실을 잊고, 가족들은 아버지의 죽음을 그 모든 분쟁의 맨 뒷전에 미뤄놓았다.

서럽게 우는 가족들을 보면서 나는 말했다.

"XXXX년 X월 X일 XX시 XX분, OOO 사망하셨습니다."

/

'산 사람은 살아야지.' 이기적이지만 틀린 말은 아니다. 생사를 달리한 입장에서 망자와는 별개로 생자의 삶은 현실이다. 하지만 당시 이십 대 중반의 어린 나이였던 나로서는 사람들의 이런 표리부동함은 당황스러운 것이었다. 전공의로서 연차가 올라가고 더 많은 환자와 보호자를 만나면서 이러한 모습들에 익숙해져갔다. 그리고 이제는 이런 모순적인 행동을, 사회적인 존재이기에 가능한 것이라고 이해할 수 있게 되었다. 물론 망자는 이런 결말을 원치 않았을 테지만.

환자가 쓰러지고 난 뒤에 대부분의 보호자는 당황하다 곧이어 살려만 달라고 애걸한다. 그러다 병세에 차도가 없어 상황이 지지부진해지면 죽음에 대해 처음에 느꼈던 두려움, 긴장감이 느슨해진다. 그렇게 환자의 죽음에 대해 망각하고 있다가, 실제로 떠나보내게 되면 후회와 회한에 괴로워한다.

죽음은 우리가 모든 것을 다 해결한 뒤에 편안하게 찾아오는 것이 아니다. 세상에는 한 일과 안 한 일이 있을 뿐, '하려고 한 일'은 없다. 한 사람의 죽음 뒤에 오는 산 사람들의 '하려 했던 일'에 대한 후회는 영원히 바로잡을 수 없다. 다양한 죽음의 장면을 그 누구보다 가까이서 지켜봐왔던 나는 좋은 죽음이 무엇인지 늘 고민한다. 그래서 나는 죽음 후에 다가올 것들을 잊은 이들에게, 그들이 '하려고 한 일'들을 할 수 있도록 말을 건넨다.

암 환자가 된 의사

)

전도유망한 의사가 있었다.

이미 30대의 젊은 나이에 수술을 잘하는 의사로 유명했고, 우리나라에서 제일 좋다는 병원에서 스카우트 제의를 받고 이직도 하며 죽 승승장구했다. 그가 수술을 하면서 개발한 의료기기는 로열티를 받고 큰 금액으로 외국계 기업에 판매되어 크나큰 부도 거머쥘 수 있었다. 곧이어 미국 연수를 가게 되었는데 미국의 병원에서도 이 의사의 능력에 반해 영입 제의를 했으나, 그는 거부하고 한국으로 들어왔다. 미국 연수에 동행한 부인과 두 딸은 미국 생활에 만족해 국내로 돌아오지 않고, 이 의사는 그렇게 10여 년을 기러기 아빠로 살았다.

그리고 나이 오십이 되던 해, 그는 전립선암을 진단받았다.

로봇 수술을 통해 전립선암을 제거했으나, 완전 제거가 되지 않아 수술 후 방사선 치료를 추가로 받았다. 이후 전립선암 표지 인자 수치를 추적 관찰하던 중 암 재발이 의심되어 호르몬 치료제를 사용했다. 전립선암에 사용하는 호르몬 치료제는 남성호르몬을 억제해 암의 성장을 막는 것이다. 이 약은 효과가 좋다고 알려져 있지만 모든 약이 그렇듯, 그리고 모든 암이 그렇듯 내성이 생기면서 암은 다시 자라기 시작했다.

전립선암은 진행이 느리기 때문에 전이가 된 4기 암이라고 해도 비교적 오래 사는 경우가 많다. 하지만 전립선암은 뼈로 잘 전이된다. 그런 탓에 통증이나 갑작스러운 골절이 오는 경우가 많다. 이 의사의 전립선암 또한 뼈로 전이가 되었고, 그는 항암제와 방사선 치료를 병행하다가 급기야는 미국의 신약을 알아보고 직접 치료에 뛰어들었다. 미국의 임상시험 관련 병원에 직접 접촉해서, 혼자 미국행 비행기를 타고 가 치료를 받은 뒤 한국으로 들어오는 일을 반복했다.

하지만 그렇게 노력과 비용을 들여가면서 치료한 결과는 좋지 못했고, 그의 몸은 점차 쇠약해졌다. 특히 오랜 호르몬 치료는 그의 남성성을 약화시켰다. 평소 그는 남자답고 강인하여 '상남자'라는 평을 들어왔지만, 병이 깊어질수록 그는 예민해지고 우울해졌고, 그러면서 눈물이 많아졌다.

결국 척추와 골반뼈 등 전신의 뼈로 암세포가 파고들면서 그의 피 수치는 낮아졌다. 뼈 전이로 인해 조혈세포들이 기능을 하지 못하면서 적혈구, 백혈구, 혈소판 수치는 떨어졌고, 그는 점차 죽음이 다가왔음을 느낄 수 있었다.

추운 겨울 어느 날, 감기 기운으로 기력이 떨어진 그는 자신이 다니던 병원의 응급실로 실려왔다. 얼마 지나지 않아 그는 서먹한 사이로 남겨진 두 딸과 부인 앞에서 60세라는 짧은 생을 마감했다. 모든 것을 다 가졌지만 건강을 가지지 못했던 비운의 의사였던 그는, 10년은 기러기 아빠로, 10년은 전립선암 환자로 지내고 죽음을 마주했다.

돈이 아무리 많아도 죽음을 피할 수는 없다. 모든 현대의학을 동원한다고 해도 죽음을 비껴갈 수는 없다. 나이가 적다고 해서 죽음의 순서가 늦게 찾아오지 않는다. 죽음에는 순서가 없으며, 죽음은 예기치 않게 찾아온다. 유한한 인간이기에 죽음 앞에 겸손할 수밖에 없고, 우리에게는 단지 그 과정의 선택권만이 주어질 뿐이다. 병을 치료하는 의사라고 다르지 않다.

어디서 치료를 받아야 하나요

◖

"그렇다면 나보고 어디서 치료를 받으란 말이오?"

그는 별스럽지 않게 받은 정기 건강검진에서 우연히 폐암을 발견한 58세의 남자 환자였다. 지방에 사는 그는 서울의 한 대형 병원 호흡기내과를 예약했다. 이미 예약 환자가 밀려 있었기 때문에, 2주 후로 어렵게 예약을 할 수 있었다. 마음은 불안했지만 대형 병원에 대한 믿음으로 진료를 기다렸고, 2주가 지나 입원해서 기관지 내시경과 조직검사, 그리고 양전자 방출 단층 촬영PET-CT을 받았다. 결과는 비소세포성 폐암이었다.

다행히 수술을 받았지만 병이 많이 진행되어 수술 후 항암 치료를 받아야 했다. 항암 치료를 받는 날이면 아침 일찍 서둘러 움직여 입원한 뒤 주사를 맞고 별다른 문제가 없으면 2~3일 후에 퇴원했다. 컨디션이 좋지 않아 입원을 오래 하고 싶었지만 그럴 수는 없었다. 항암 주사를 맞기 위해 입원을 기다리는 다른 환자들이 줄줄이 대기하고 있었기 때문이다. 그럴 때마다 그는 근처 요양병원에 입원하여 건강을 돌봤다.

이렇게 6개월간 치료를 받던 중 전부터 있던 허리 통증이 점차 심해져 문의했으나 종양내과 의사는 폐에 이상이 없으니 괜찮을 거라고 했다. 그러나 통증은 가라앉지 않았고 동네 병원에서 MRI 촬영을 한 결과 흉추 12번 뼈가 주저앉아 있었다. 재발된 폐암에 의한 전이성 척추암을 진단받고 그는 10회가량의 방사선 치료를 받았다.

방사선 치료는 입원해서 하는 치료가 아니었기 때문에 환자는 월요일부터 금요일까지 매일 외래를 통해 일주일에 5회의 방사선 치료를 2주간 받았다. 치료를 받으며 등 통증은 호전되었으나, 이번에는 표적치료제에 의한 부작용으로 입안이 헐고 밥을 못 먹으면서 탈수가 시작되어 종양내과로 입원을 했다. 검사 결과 폐암은 그의 몸 여기저기에 퍼져 있었고, 해당 병원에서는 조심스럽게 요양병원으로의 전원을 권했다. 그의 나이 60세, 암 진단 2년째 되던 해였다. 그러나 그는 끝까지 항암 치료를 고집했다.

이 경우 보통 부작용이 적은 표적치료제가 아닌, 세포독성 항암 치료를 받게 된다. 세포독성 항암제는 정상 세포에 비해 암세포의 성장이 빠르다는 차이점에 착안한 암 치료 약물이다. 하지만 이 항암제를 사용할 경우 정상 세포 또한 손상을 입게 되어 부작용이 심하다는 단점이 있다.

그렇게 세포독성 항암 치료를 받고 집에 있던 중 고열이 환자를 엄습했다. 40도가 넘는 열이 떨어지지 않아 급한 대로 집 근처의 대형 병원을 찾아갔다. 피 검사 결과 백혈구 감소증이 확인되었다. 항암제로 인해 몸의 면역력이 떨어지면서 백혈구 수치가 떨어진 것이다.

해당 병원 의사는 패혈증이 걱정되어 급히 예방적 항생제와 백혈구 촉진제 주사를 처방했다. 다음 날 그의 상태가 안정되자 해당 병원에서는 원래 치료를 받던 병원으로 전원 갈 것을 종용했다. 급히 구급차를 타고 원래 다니던 서울의 대형 병원 응급실에서 진료를 봤지만 입원할 수 없었다. 병실이 없었고, 응급한 상태가 아니라는 이유에서였다. 환자가 몰리는 대형 병원은 항상 입원실이 부족하다. 아무리 응급 환자라고 하더라도 바로 입원할 수 있는 경우는 드물다. 하는 수 없이 그는 근처 요양병원의 문을 두드렸다. 이전에도 항암 주사를 맞고 나면 잠시 입원해서 쉬었다 가는 병원이었고, 현재 치료를 받고 있는 병원의 협력병원이었기 때문이다. 하지만 그 요양병원마저 남자의 입원을 꺼렸다. 요양병원에서는 피 수치가 너무 안 좋아서 위급 상황에 제대로 대처할 수 없으리라고 판단한 것이다. 결국 사망해도 병원에 책임을 묻지 않겠다는 동의서에 서명을 하고서야 입원을 할 수 있었다. 2주간 입원하면서 수액 치료를 받고 난 뒤 약간 나아진 그는 더 이상 항암 치료를 받을 수 없었다.

/

집으로 돌아간 그는 이제 암성 통증에 시달리게 되었다. 마약성 진통제를 복용해도 가라앉지 않는 통증 때문에 식은땀까지 흘려가며 힘들어하던 그는 동네의 자주 다니던 개인 의원을 찾았다. 하지만 개인 의원에서는 마약 주사를 취급하지 않는다. 정부의 관리 감독 규정이 까다롭기 때문에 마약 주사를 준비해놓시 않는 것이다. 힘들게 준종합병원의 응급실에서 겨우 마약 주사를 맞고 잠이 들 수 있었다. 하지만 그뿐이었다. 입원해서 안정적으로 주사를 맞고 치료를 받고 싶었지만, 해당 병원에서는 원래 치료받던 병원으로 가보라고 할 뿐이었다. 하지만 원래 치료받던 병원에서는 더 이상 해줄 것이 없으니 동네 병원에 가라고 했다. 환자는 떠돌고 있었다.

"이렇게 아픈데, 이렇게 숨 쉬기 힘든데, 나보고 어디를 가라는 말입니까? 어디서 치료를 받아야 하나요?"

전국이 일일생활권인 대한민국에서 대형 병원 쏠림 현상은 날이 갈수록 심해진다. 대형 병원은 몰려드는 환자를 응대하기 위해 더욱 효율적이고 빠른 진료 체계로 운영된다. 환자 개개인에게 허락된 진료 시간은 짧고, 병원에서 해줄 것이 없는 말기 암 환자는 방치된다. 환자들은 대형 병원의 이름만 보고 서울로 향하고 지방의 큰 병원은 점차 중환을 볼 수 있는 기회를 잃는다. 그러면서 대형 병원 쏠림 현상은 더욱 심해진다. 이런 환경에서는 모든 환자가 치료받을 병원을 찾아 헤맬 수밖에 없다.

모든 병이 그렇지만, 암 치료는 계획이 필요하다. 치료를 계획할 때 환자가 수시로 치료를 받을 수 있는 병원도 꼭 확인해야 한다. 그것이 반드시 대형 병원일 필요는 없으며, 인근 병원 의사의 약력을 보고 진료를 보며 (나의 표현으로) '합'을 맞추어보는 것이 좋다. 의사와 환자도 서로 라포rapport 형성을 하는 것이 가장 중요하다. 나와 맞지 않는다면 그 병원을 고집할 필요는 없다. 편하게 찾아갈 수 있는 가까운 병원이 환자에게는

가장 필요하다. 통증에 시달릴 때 치료받을 곳을 찾아 헤매지
않도록 말이다.

죽음의 망각

)

누구도 죽음을 피할 수 없다. 죽음이 모두에게 공평하게 주어진 것이라면, 생각을 바꿔본다. 죽음을 삶의 조선으로서 조금은 가깝게 받아들여보자고.

병원에서 만나는 많은 이들이 죽음이라는 곁말에 매여 끝이라는 공허함과 허무함에 침잠해 일상의 균형을 잃는 경우를 자주 본다. 이럴 때 우리 몸에서는 본래 생활의 항상성을 유지하기 위해 방어 기제가 작동한다. 바로 망각이다. 망각은 우리가 죽음에 대해 잠시 잊게 해 현실을 살아갈 수 있게 한다.

60대의 여자 환자가 머리가 자꾸 흔들리는 증상 때문에 외래 진료를 찾아왔다. 그녀는 자신도 모르게 자꾸 머리를 떨었는데, 남들이 지적할 때면 더 심하게 머리가 떨려서 사람들을 만나는 것을 피할 정도라고 했다. 긴장하면서 목소리도 떨리게 되었는데, 상태가 좋은 날에는 아무렇지 않다가도 어느 순간 증상이 나타났다. 나는 본태성 진전증(수전증)으로 진단해 신경흥분억제제인 프로프라놀롤과 알프라졸람을 처방했고, 이후 그녀는 떨림이 많이 좋아졌다고 했다. 이 약을 먹고 난 뒤 특히 잠을 편히 잘 수 있었다면서 좋아했다.

알프라졸람은 항우울증 약 중 하나로 잠이 온다는 부작용이 있다. 환자는 몇 년 전에 장성한 딸이 갑자기 사망했는데, 그 뒤로 밤에 잠을 제대로 잔 적이 없다고 했다. 딸을 따라 같이 죽어볼까 몇 번을 고민도 하고 실행도 해봤지만 결국 그렇게 할 수 없었다고 했다. 지체장애 아들이 있는데, 자신이 죽으면 아들이 너무 불쌍해서 차마 죽을 수 없었노라고 눈물을 훔쳤다.

그녀에게 정신과 상담을 권유했으나, 그녀는 지금의 약만으로도 충분히 좋아졌다고 말했다. 내가 이렇게 가끔씩 자신의 이야기를 들어주는 것만으로도 많은 위안이 된다면서 정신과 치료를 거부했다. 치료를 더 받았으면 싶었지만 어쩌면 그녀에게 다른 해결책이 생겼는지도 모르겠다고 생각했다.

의사로서 이야기를 충분히 들어주면서 감정적으로 지지

하고, 불면증에 시달리는 그녀에게 졸려지는 약을 처방하고 우울증 약을 주기도 했지만, 사실 최고의 치료는 바로 '망각'이었다.

자식을 앞세운 부모로서 현실을 인정하기는 쉽지 않았을 것이다. 삶을 뒤바꾼, 사랑하는 내 자식의 죽음으로 인한 마음의 고통은 결국 환자의 몸에 병으로 나타났다. 죽음과 삶이 너무 깊게 연결되어 있을 때, 살아야 할 눈앞의 현실은 슬픔 앞에 그 선명함을 잃고 흐려진다.

이럴 땐 잠시 잊어야 한다. 죽음에서 거리를 두어야 한다. 죽음을 너무 괴롭고 슬픈 것으로, 모든 것의 '끝'으로만 생각하면 버틸 수 없다. 그저 '살다 보면 언젠가 마주하는 것' 정도로 이해하며 죽음에 대한 관념을 조금 바꾸고 그 무게를 덜어내야 한다. 그렇게 조금씩 기억을 놓아줘야 한다. 그래야 산 사람이 자기의 남은 생을 살아갈 수 있다. 우리에게는 할 일이 있지 않은가. 딸을 떠나보냈지만 아들을 돌봐야 하는 어머니처럼.

사람은 망각의 동물이다. 잊음으로써, 지움으로써 지금의 오늘을 행복하게 살아갈 수 있다면, 그것도 떠난 이에 대한 더 나은 애도가 아닐까.

잘 사는 것이 잘 죽는 것이라고

◖

17세 남학생이 오토바이를 타던 중 교통사고로 머리를 크게 다쳤다. 머리뼈는 골절되었고, 경막하출혈 및 다발성 뇌좌상으로 응급실 도착 당시 의식이 없었기 때문에 입원 당일 응급으로 머리에 고여 있는 피를 제거하고 두개골을 떼어냈다. (이 경우 뇌가 심하게 부어 있기 때문에 뇌압을 조절하기 위해서 두개골제거술은 대부분 필수적이다.) 수술 후 중환자실에서 생사를 넘나든 지 3주가량이 시난 뒤 그는 의식을 되찾았다. 일반 병실에 올라간 그는 화장실 거울에 비친 자신의 모습을 보고 크게 울었다고 했다. 왼쪽 머리뼈가 제거되며 한쪽 머리가 움푹 들어가 있어 충격을 받았다고. 오른쪽 팔다리도 잘 움직이지 못했고 전과 달리 말도 더듬거렸기 때문에 크게 놀란 듯했다. 상황을 인지한 그가 처음 한 일은 식사 거부였다.

나는 당시 신경외과 전공의였고, 병동을 오며 가며 그를 자주 만났고, 때로 이야기를 나누기도 했다. 그러던 어느 날 그가 말을 걸어왔다. 오랜 병원 생활 속에서 나름 친하다고 생각되었나 보다. 이런저런 주제가 오가다가, 그가 설핏 눈물을 흘리며 말했다.

"실은 오늘 새벽에 휠체어를 타고 몰래 병원을 나갔어요. 죽으려고요. 병원 앞 대로에 뛰어들어서 지나가는 차에 치여 죽으려고 했거든요. 그런데 그마저도 마음대로 안 되더라고요. 저는 길 한가운데에 있고, 저한테 욕하면서 차들이 저를 피해 가더라고요."

병원 앞에는 8차선 도로가 있다. 인적이 드문 새벽에 침대에서 내려와, 간호사 눈을 피해 9층 신경외과 병동을 빠져나와, 말을 듣지 않는 오른쪽 팔다리를 이끌고, 휠체어를 왼손으로만 밀면서 8차선 도로까지 갔을 그의 모습이 눈에 그려졌다. 그렇게 가는 동안, 그렇게 죽으려고 하는 동안 그는 어떤 생각을 했을까. 새장을 벗어나고 싶어 하는 새처럼, 제약된 몸을 벗어나 자유롭고 싶어 하는 마음이 느껴졌다. 그에게 죽음이란 그런 의미였으리라. 그때 그는 열일곱 살이었다.

／

　　1년쯤 뒤에, 그를 다시 본 것은 정신과 앞에서였다. 그는 반복되는 우울증과 과도한 공격성으로 어머니 손에 이끌려 정신과 치료를 받고 있었다. 다시 만난 그는 전의 그 순수한 아이가 아니었다. 그는 괴팍해진 모습으로 기괴하게 나에게 인사를 했다.

　　"안녕하세요. 저 ○○이에요. 반병신 ○○인데. 기억하세요?"

　　"아! ○○이구나! 잘 지냈니? 좋아 보이는구나."

　　"좋긴요. 사람들이 제가 이상하대요. 엄마도 제가 이해가 안 된대요. 선생님이 보기에도 제가 그렇게 이상한가요? 나는 아무렇지도 않은데, 사람들이 나한테 손가락질해요. 병신이라고."

　　여전히 잘 쓰지 못하는 오른손을 휘두르며 흥분을 가라앉히지 못한 채 급하게 말을 쏟아내는 그의 뒤에는 혹여 아들이 휠체어에서 넘어질까 전전긍긍하는 지친 기색의 어머니가 보였다.

　　그리고 2년쯤 뒤, 휠체어를 타고 왼손으로 담배를 피우고 있던 그를 병원 근처에서 우연히 만났다. 입대를 앞둔 친구를 위한 환송회에서 전날 밤새 친구들과 놀고 난 뒤 마침 병원을 지나던 중이라고 했다. 전과는 또 다른 분위기의 그에게 반가운 마음으로 안부 인사를 건넸다. 그는 친구들은 군대를 가지만 자기는 안 가도 된다며 씩 웃으며 자랑하듯 이야기를 늘어놓았다. 2년 전, 그리고 그 1년 전보다 한층 밝아지고 성숙해진 그를 보며, 죽기 위해 애를 썼던 날의 그가 겹쳐지듯 떠올랐다. 그동안 어떤 시간을 보낸 걸까? 열일곱 살 어린 나이에 사고를 당하고 하루하루 스스로를 달래며, 달라진 자신을 받아들이며, 결국 삶을 살아내기로 결심하기까지, 짧은 근황 얘기만으로는 알 수 없는 그만의 노력을 미루어 짐작할 뿐이었다.

삶을 뒤흔드는 사건은 언제나 부작위로 찾아오지만, 삶이 어떤 것인지를 깨닫기에 그는 너무 어린 나이였다. 모든 사람의 삶의 과세가 '잘 실고, 갈 죽는다.'라는 것을 이해하기에는 너무나도 이른 시련이었다. 그러나 남은 삶이 병 때문에 제한적일지라도 그는 여전히, 그리고 앞으로 계속 숨 쉬고 살아 있을 것이다. 병이 그의 몸을 옥죄고 있어도, 결국 그는 자신에게 남겨진 삶과 시간을 포기하지 않았다. 내게 웃으며 인사를 건네고 멀어지는 그의 모습에서 그가 '잘 사는 법'을 알고 있다는 게 느껴졌다.

그를 보며 잘 죽는 법이 비단 나이 들거나 병든 사람만 고민할 문제는 아니라는 생각을 했다. 어찌 보면 모든 사람은 태어나는 순간부터 잘 죽기 위해 사는 것일지도 모른다.

행복한 마무리의 조건

𝄇

수많은 죽음의 순간을 지켜보면서 환자의 시간과 보호자의 시간이 다른 것을 본다. 환자의 시간은 빠르고, 보호자의 시간은 느리다. 서로 다른 시간의 흐름이 교차하는 가운데, 많은 이들이 죽음을 앞두고 슬퍼하고 두려워하고 힘들어하고 미워하다 종국에는 후회한다. 그러나 이런 마지막 순간을 같은 걸음으로 걸어가며 그 어느 때보다 아름답게 보내는 이들도 있다.

　파킨슨병을 앓는 85세의 여자 환자가 온몸이 사시나무 떨듯이 심하게 흔들린다면서 응급실로 찾아왔다. 10년 넘게 파킨슨병을 앓았고, 요양병원에 입원해 있던 중 일주일 전부터 음식을 잘 삼키지 못하면서 파킨슨 약조차 먹지 못하게 되었다. 파킨슨병 증상이 더 심해지는 동시에 요로 감염으로 인한 고열이 생기면서 환자는 거의 정신을 차리지 못했다. 먼저 감염내과로 급하게 입원해 항생제 치료를 받으면서 염증 증상은 호전되었지만, 온몸의 강직이 심해지면서 팔다리를 거의 못 움직였고, 콧줄로 식사를 할 정도로 악화되어 신경외과에 협진이 의뢰되었다.

향후 환자의 치료 방침을 설명하기 위해 보호자와 면담을 진행하는데, 깜짝 놀랐다. 자신을 환자의 남편으로 소개한 백발의 할아버지가 내게 인사를 건넸기 때문이다. 그는 눈물을 글썽이면서도 정중하게 부탁해왔다.

"아내를 꼭 좀 살려주세요"

보호자가 고령일 경우 보통은 인지 능력이 상당히 떨어지는 경우가 많아 다른 젊은 보호자를 대동할 것을 권유하지만, 환자의 남편은 모든 상황을 정확하게 이해하고 있었다. 그는 다른 보호자가 없다는 이유로 자신과 면담을 해주기를 바랐다.

전후 상황을 고려하여 환자의 파킨슨 약을 조절했다. 파킨슨병은 도파민이 부족해지면서 떨림증과 서동증(움직임이 느려지는 증상) 그리고 강직 같은 이상 운동 증상이 생기는 병인데, 이때 뇌내의 도파민을 올려주는 약을 쓰면 증상이 나아

진다. 이렇게 도파민과 관련된 약을 쓰면 여러 가지 운동 증상
은 개선되지만, 부작용으로 섬망이 생기기도 한다. 약을 조절
한 뒤 환자는 갑자기 죽은 동생이 왔다면서 허공에 대고 이야
기를 주고받았다. 문 뒤에 아이가 하나 서 있다며 아이에게 과
일을 건네주라고 부탁하기도 했고, 밤이면 저승사자가 자신을
잡아가려 한다며 소리를 질러대기도 했다. 그럴 때마다 환자
의 남편은 어김없이, 묵묵히 그녀를 다독이고 위로해주었고,
그러다 보면 별다른 처치 없이 (원래는 신경안정제나 할로페리돌
을 준다) 섬망 증상이 나아졌다. 약을 조절하고 몸이 적응하는
힘든 과정에서 남편이 큰 몫을 했고, 그런 보호자가 있다는 것
은 환자에게 무척이나 다행한 일이었다. 어느 정도 약물 조절
이 끝났다고 판단한 나는 적극적인 재활 치료를 위해 요양병
원으로 전원을 권유했고, 남편은 그녀를 원래 있던 요양병원
으로 데리고 갔다

/

한 달 뒤 외래 진료를 위해 병원을 방문한 그녀는 남편의
손을 잡고 진료실로 걸어 들어왔다. 다리는 여전히 끌리고 전
체적인 움직임도 강직으로 인해 부자연스러워서 남편이 부축

하지 않으면 혼자 걷기 힘들어 보였지만 이전보다는 확실히 좋아져 있었다. 그녀는 자신을 낫게 해주었다며 내게 연신 고마움을 표시했지만 나는 그녀의 남편에게로 공을 돌렸다.

"저는 약간의 약 조절을 해드렸을 뿐입니다. 가장 큰 역할을 해준 것은 남편분이십니다. 약은 보조제일 뿐이에요. 물론 약의 역할이 크지만, 그것 못지 않게 옆에서 환자분을 돌봐주신 남편분께서 열심히 재활 치료에 함께해주신 덕분입니다. 저에게 고마움을 느끼신다면 그러한 마음을 남편분께도 표현해주세요. 말하지 않으면 알 수 없습니다."

내 말을 들은 아내가 남편을 바라보았다.

나는 병의 진행 상태를 다시 한번 짚어주었다.

"아시는 것처럼 안타깝게도 이 병은 점점 더 나빠질 수밖에 없습니다. 제가 아무리 잘 도와드린다고 해도 현재의 상태를 유지시켜드리는 것이 최선입니다. 그러니 현재를 즐기셨으면 합니다. 지금처럼 환자분께서 조금이라도 자력으로 움직일 수 있을 때, 그리고 말을 할 수 있을 때, 마음껏 표현하고 움직이셨으면 합니다."

아무리 미안하고 고맙더라도 상대에게 그 마음을 정확히 표현하기 어려운 순간이 찾아온다. 파킨슨병 환자는 병이 진행되면 성대 근육이 경직되면서 차츰 목소리가 작아지다 소리를 낼 수 없게 된다. 점차 발음이 부정확해지고 말이 어눌해진다. 더 늦어져 속마음을 전하지 못하는 일이 없도록, 나는 두 사람에게 지금 해야 할 것들을 일러주었다. 치료는 의사가 할 테니 환자와 보호자는 죽음이 찾아오기 전까지 최대한 지금을 즐기시라고 나는 당부했다.

그들은 한 달에 한 번 외래에 방문했다. 두 사람을 만날 때면 나도 모르게 존중을 넘어서 존경의 마음이 일어 의자에서 일어나 인사를 했다. 주름으로 쭈글쭈글한 손을 마주 잡고 진료실을 조심스럽게 걸어 들어오는 그들의 모습에서, 젊은 시절부터 동고동락하며 오랜 시간을 쌓아온 숭고한 애정이 느껴지기 때문이다. 나 같은 범부로서는 감히 흉내내지도 못할 그들의 번지 않은 애정의 흔적을 느끼는 순간, 삶의 동반자가 얼마나 중요한지 깨닫게 된다. 죽음을 맞이하는 순간에는 오롯이 나 혼자이지만, 그 마지막 순간에 내 손을 잡아줄 누군가가 옆에 있다면 그 또한 행복한 마무리를 위한 조건이 아닐까 싶다.

절대로 깨지지 않는 그릇은 없는 것처럼

◖

나이답지 않게 정정하고 꼿꼿한 걸음걸이와 또랑또랑한 목소리의 83세 할머니가 건망증을 호소하며 진료실을 찾아왔다. 자꾸 깜빡깜빡하고 방금 한 일도 잘 잊어버린다고 걱정스레 이야기했다. 혼자서 지내는데, 한참 움직이다가도 갑자기 내가 무엇을 하려고 했는지 기억이 나지 않아서 멍하니 서 있는 일이 점점 많아진다고 했다. 몇 가지 검사 후 나는 그녀에게 알츠하이머병에 의한 초기 치매로 진단했고, 도네페질을 처방했다.

현재까지 치매 약으로 인정받은 약은 도네페질, 갈란타민, 리바스티그민, 메만틴 네 가지뿐이다. 이 약들은 병의 진행을 늦추는 '증상 치료제'이다. 안타깝게도 치매의 원인을 근본적으로 없애는 '원인 치료제'는 없다. 예를 들어 폐렴 때문에 환자가 열이 나면서 호흡 곤란이 있을 때 폐렴의 원인이 되는 박테리아를 없애는 항생제를 쓰는데, 이때 쓰는 항생제가 원인 치료제고, 열이 날 때 사용하는 해열제나, 숨을 편안하게 쉴 수 있게 해주는 기관지 확장제 같은 약들이 증상 치료제다.

그러던 중 2021년에 처음으로 치매와 관련하여 원인 치료제로 분류되는 약이 개발되었다. 그동안 알츠하이머병에 의한 치매는 뇌내의 베타아밀로이드가 응집하여 침착하며 신경세포에 염증 반응을 일으켜 신경세포가 파괴되어 나타나는 병으로 알려져 있었다. 아두카누맙이라는 이름의 신약은 이 베타아밀로이드를 제거하여 침착을 막아주는 효과가 있는 것으로 알려졌다. 의사와 환자들은 최초의 원인 치료제가 개발되었다면서 열광했다.

하지만 안타깝게도 신약은 치료 방침의 대전환을 일으킬 정도로 획기적으로 증상을 개선해주지는 못했다. 불확실한 효능과 더불어 비용도 연간 6000만 원가량으로 비쌌을 뿐 아니라 적용되는 치료 대상도 문제였다. 이 약은 이미 치매가 온 환자가 아닌, 치매가 오기 전의 경증 환자를 대상으로 지속적으로 투약되어야 했다. 아두카누맙은 베타아밀로이드를 제거하는 약제이기 때문에, 이미 베타아밀로이드에 의해 뇌 신경세포가 파괴되어 증상이 악화된 치매 환자에게는 효과가 없었다. 그나마 효과를 볼 수 있다는 경증 환자의 경우에도 치매가 오는 것을 막기 위해 연간 6000만 원이나 하는 주사를 한 달에 한 번씩 죽을 때까지 맞아야 한다는 이야기였고 이는 현실적으로 수많은 치매 환자들이 원하는 약과는 거리가 있었다.

여기에 더불어 2022년, 알츠하이머병 치매의 원인으로 베타아밀로이드를 지목한 2006년 논문이 조작되었다고 발표되고 나서는 아두카누맙으로 대표되는 베타아밀로이드 치료제의 설 자리가 더더욱 줄어들고 있다. 알츠하이머병 치매의 원인이 베타아밀로이드 때문이 아닌데 베타아밀로이드를 없앤다고 해서 치매의 악화를 막을 수 있는지에 대한 의문이 생긴 것이다.

환자는 치매일 수도 있겠다고 생각은 했지만 실제로 초기 치매로 진단을 받고 혼란스러운 얼굴이었다. 이런저런 저간의 사정을 떠올리며, 나는 초기 치매 환자인 그녀에게 이렇게 이야기해주었다.

"치매는 노화와 관련된 병입니다. 퇴행성 변화, 즉 나이가 들어 생긴 것이죠. 어떤 사람들은 무릎이 먼저 망가지고, 어떤 사람들은 협착증이나 디스크로 허리가 먼저 망가져서 수술을 받는 것처럼 환자분은 머리의 신경세포가 먼저 망가진 것뿐입니다. 치매 치료의 목적은 완치가 아닙니다. 환자분께서는 **다시 젊어질 수** 있나요? 젊어져서 뇌 신경세포가 재생되지 않는이상 치매라는 병은 나이와 함께, 노화와 더불어 점점 나빠질수밖에 없습니다. 결국 낫는 병이 아니라 관리해야 하는 병인거죠.

따라서 제가 드리는 약은 치매를 치료하기 위해 드리는약이 아니라, 현재 상태를 유지하기 위해서, 더 나빠지지 말라고 드리는 약입니다. 약도 중요하지만 생활 습관도 중요해요.메모하는 습관을 들이고 본인의 상태를 주변에 충분히 알리셔서 필요할 때 도움을 받도록 준비하셔야 합니다."

이렇게 이야기하면 기의 대부분은 다음처럼 반응한다.

"이렇게 살아서 뭐 하나, 빨리 죽어야지."

／

사람은 자신의 삶을 담는, 형태를 지닌 하나의 그릇이며,그릇은 때로는 금이 가거나 부서지기 쉽다. 절대로 깨지지 않는 그릇은 없는 것처럼, 사람은 살다가 죽을 수밖에 없는 운명을 지녔다. 문제는 삶의 시작을 선택할 수 없던 것처럼 죽음의 순간을 선택하기 어렵다는 것이다. 탄생과 죽음뿐 아니라 삶의 모든 순간에 우리 뜻대로 되는 건 하나도 없다. 죽음만이 유독 내 뜻이 아닌 것도 아니다. 빨리 죽고 싶다는 환자들에게 나는 다음과 같이 이야기해주곤 한다.

"원해서 태어나는 인생이 아닌 것처럼 죽고 싶다고 해서 죽을 수 있는 인생은 없습니다. 내 삶이 온전히 내 것이 아니고, 무조건 내가 원하는 대로 할 수 있는 인생이 아니라는 것은 잘 아시지 않나요? 삶이라는 것이, 그냥 그렇게 살아지는 것이죠. 그러니 매일매일 죽음을 기다리는 삶보다는 오늘 하루 최선을 다해 살고 내일은 뭘 할지 기대하는 삶이 훨씬 행복하지 않겠어요?

저보다 훨씬 연세가 많으셔서 이미 알고 계시겠지만, 좋은 인생, 행복한 삶이라는 것이 별게 있나요? 좋은 사람과 좋은 시간을 많이 보내는 것이 행복한 삶이지 않을까요? 사람의 앞일은 정말 모르는 거잖아요. 이렇게 죽고 싶다 노래를 불러도, 어느새 100세가 되셔서 저와 이렇게 계속 이야기를 나눌지도 모르죠.

유명한 이야기가 하나 있잖아요. 일본에서 100세가 된 할머니를 인터뷰를 했는데 당시에 살면서 가장 후회가 되는 것이 무엇이냐고 기자가 질문하니 그 할머니가 '내가 100살까지 살 줄 알았으면 80살 먹었을 때라도 새로운 뭔가를 했어야 했는데, 여태 죽을 날만 기다리다가 20년을 허비한 게 제일 후회돼.'라고 대답하셨대요.

　환자분도 마찬가지입니다. 알 수 없는 내일의 죽음을 기다리기보다는 확실한 현재의 행복을 위해 최선을 다해 사시기를 바랍니다. 제가 열심히 도와드리겠습니다.”

　'얼마 남지 않았습니다'라는 말을 들어서 그런 것일까. (실제로는 '치매입니다'라고 말했을 뿐인데) 대다수의 환자들은 자신의 마지막을 스스로 정할 수 있을 것이라 생각하고, 기대한다. 하지만 현실은 그렇지 않다. 삶과 기억은 연속적이기 때문이다. 다시 말해, 스위치로 전원을 끄고 켜듯이 분절되어 있지 않다. 수많은 치매 환자가 떨어져 죽기 위해 창문 앞에 서 있다가도 잠시 후 내가 왜 창문 앞에 서 있는지 모른다. 숨을 참는다고 죽어지지 않고, 되려 가쁜 숨을 몰아쉴 수밖에 없는 생물학적 한계를 지닌 인간이기 때문이다. 그러나 다르게 생각하면, 이 연속적인 삶을 어떻게 잘 마무리 지을 수 있을지 고민하는 것 또한 인간이기에 가능하다. 죽음의 순간을 결정할 수는 없지만, 남은 시간을 어떻게 꾸릴지는 결정할 수 있다. 이제 막 치매 환자가 된 할머니께 전해드린 이야기지만, 죽음을 고민하는 모든 이들에게 내가 종종 해주는 말이기도 하다. 그

리고 이것은 나 자신의 죽음을 두고도 종종 생각하는 것이기
도 하다.

내 생일날 어머니께 꽃을 선물하는 이유

＞

나의 어머니는 변이형 협심증 환자이다.

변이형 협심증은 심장을 둘러싼 관상동맥에 수축이 발생하면서 혈관이 갑자기 좁아지는 병이다. 좁아진 관상동맥으로부터 피를 공급받지 못한 심장 근육에 병이 생기면서 협심증이 생긴다. 다행히 혈관이 넓어지면 죽음의 고비를 넘기는 것이고, 그렇지 않고 좁아진 채로 10분이 넘어가면 심근경색으로 급사할 수 있다. 변이형 협심증은 일반적인 동맥경화로 관상동맥이 좁아지며 생긴 질환 때문에 발생하는 다른 협심증과는 달리 스텐트를 넣지는 않는다. 예후는 비교적 좋은 것으로 알려져 있으나, 어느 날 이유 없이 찾아오는 극심한 통증으로 항상 급사의 위험성이 따르는 질병이다. 게다가 어머니는 약물 치료 반응도 좋지 않다. 당신의 표현에 따르면 "목구멍에서 갑자기 꿀렁 하는 느낌이 들면서 심장이 조여오는데, 그 통증이 말로 할 수 없다." 어머니는 심할 때는 기절하시기도 했다.

의사로서 내가 할 수 있는 것은 어머니에게 응급 약인 니트로글리세린을 항상 구비하시라고 말씀드리는 것, 칼슘 차단제를 계속 복용하시라 하면서, 마음 속으로는 어머니가 언제든 돌아가실 수 있는 상황임을 염두에 두는 것뿐이다.

어머니가 언제든 돌아가실 수 있다는 걸 생각하면 어머니를 대하는 시선이나 말투가 한결 부드러워진다. 문득 그렇게 된다는 걸 인지한 어느 해인가부터는 내 생일에 어머니께 꽃바구니를 선물하기 시작했다. 내가 태어난 날은 나를 축하할 것이 아니라, 배 아파서 힘들게 나를 낳아 주신 어머니의 수고로움을 기념해야 할 날이라는 생각이 들었기 때문이다. 또 그렇게라도 해야 당장이라도 일어날 수 있는 어머니의 죽음을 조금이나마 준비할 수 있겠다는 얄팍한 계산도 있었다. 하지만 동생들은 아직 그러한 사실을 받아들일 수 없나 보다.

동생들은 항상 그 자리에 있어왔던 사람이 없을 수도 있다는 생각을 외면하고 있었다. 동생들에게 어머니께서 언제든지 돌아가실 수 있다는 것을 오랜 시간 반복해서 경고했지만,

흔히들 그러듯이 다른 사람의 일에는 그러라 말해도 우리 엄마에게는 그런 일이 일어날 리가 없다면서 항상 내 말을 부정했다. 막내는 특히나 어머니를 감정적으로 힘들게 하곤 했다. 막내는 어머니의 행동과 생각을 이해하지 못했다.

우리 집은 가난했다. '흙수저'들이 흔히들 그랬듯이 어머니는 늘 남의 눈치를 보고 살았다. 집에 먹을 것이 없어 동네 슈퍼 앞에서 나를 업고 서성이면 혹여 불쌍해서 라면이라도 하나 주지 않을까 하는 날이 수도 없이 많았다고 했다. 친척과 친구들의 비웃음은 일상이었고 변변치 않은 아버지로 인해 더욱 위축되어 사셨으리라. 어찌어찌하여 자수성가했는데도 여전히 바보처럼 남의 눈치를 보는 어머니가 동생은 싫었을지도 모르겠다. 게다가 삶의 황혼기에 여전히 돈에 집착하는 어머니의 모습에서 무엇을 위해 돈을 저렇게 모으려고 애쓰는지 이해가 안 되었을지도 모르겠다.

막내도 나름대로 어머니를 생각하고 아끼기에, 어머니가 편했으면 좋겠다는 바람으로, 전과는 다르게 사셔야 한다며 어머니를 다그쳤다. 하지만 좋은 바람도 압박이 되었고 무심코 던지는 말과 행동은 되려 어머니를 힘들게 할 뿐이었다. 일흔이 넘은 나이, 수십 년의 세월을 어머니의 방식으로 살아왔는데, 말 몇 마디로 그 오랜 세월이 한순간에 바뀌겠는가. 그런 일이 있을 때마다 나는 동생에게 말하곤 했다.

"네 자식도 네 마음대로 안 되는데, 부모님이 쉽게 바뀌실까? 물론 네 말이 합리적이고, 올바른 방향이겠지만, 그런다고 너도 어머니도 마음이 편할지 모르겠다. 그냥 있는 그대로 어머니를 이해해주면 안 되겠니? 살아온 방식대로 사시게 해드리면 안 되겠니?"

이건 어머니를 위한 것도 있지만 동생 그 자신을 위해서라도 한 번쯤 생각해봐야 할 문제였다. 의사인 내가 보는 어머니의 삶을 동생도 이해한다면, 더는 그렇게 강하게 말할 수는 없을 것이었다. 정말로 어머니는 언제라도 떠나실 수 있었고, 나는 갑작스런, 예정되지 않은 죽음의 순간이 어머니를 찾아왔을 때 동생이 후회하지 않기를 바랐다.

"어느 날 어머니가 갑자기 세상에 없다고 생각해봐. 그때 너는 네 말과 행동을 후회하지 않을까? 조금은 힘을 빼면 어떨까. 어머니가 항상 그 자리에, 항상 똑같은 모습으로 계시는 건 아니잖아."

항상 사람은 실수한다. 그리고 실수는 곧잘 잊히고 반복된다. 나 또한 어머니께 못된 말을 쏟아낼 때가 있다. 그럴 때면 바로 사과드리고 털어내려 노력한다. **잠깐 잊었을 뿐 어머니가 언제든 돌아가실 수 있다는 사실은 변하지 않았기에.** 어머니의 부재 가능성을 항상 염두에 두고 잊지 않으려 노력하고 있고, 그러다 보면 대부분의 일이 별것 아닌 게 된다.

사람 사는 일에 죽는 것보다 더 큰 일이 있을까 싶다. 그렇기에 '메멘토 모리(죽음을 기억하라)'라고 하지 않는가. 죽음을 기억할 때 우리가 현재 삶에 더 충실해질 수 있다고.

맺는 말

도보 여행 같은 삶

삶은 살아가는 것이 아니라 살아지는 것이다.

유명한 문장가들은 삶을 여행이라고 표현한다. 삶이 여행이라는 데 동의하지만, 나는 그 여행이 목적지를 향해 일직선으로 나아가는 기차 여행이 아니라, 매 순간을 느낄 수 있는 도보 여행 같기를 바란다.

스승이자 멘토이신 어느 신경외과 선배님께서는 나에게 이런 말씀을 해주셨다.

"내가 신경외과 군의관으로 근무했을 때 항상 일반 사병들과 행군을 같이 하고는 했다네. 장교였기 때문에 앰뷸런스

248

에 타고 편하게 따라다니기만 해도 되었지만 그러지 않았지. 그때는 그런 것들에 대해 이상하게 반감이 들기도 했고, 또 장교라면 솔선수범해야 한다는 이상한 사명감 같은 게 있었던 것도 같아.

어쨌든 어느 날인가는 야간 행군을 하는데 너무 힘이 들더라고. 저 능선만 넘으면 되겠지 하면서 어두컴컴한 산길에서 앞사람의 군홧발만 쳐다보면서 걷는데 끝도 없는 거야. 달빛에 어슴푸레 비춰지는 능선은 까마득한데 이 길이 언제 끝날지도 모른다는 답답함이 밀려왔지.

그러다 문득 계곡이 보이더라고. 계곡물이 흐르는 소리가 들리면서, 물 위에 달이 비춰지는 모습이 아름답다고 순간 생각했어. 다시 발을 옮기는데 이번에는 나무들이 눈에 보이더라고. 그때부터 나도 모르게 행군을 즐기게 되었던 것 같아. 주변 풍경을 보기 시작하니 같이 걷고 있는 사병들도 보이기 시작하고 그제서야 행군이 힘들다는 생각이 덜해졌던 것 같아. 그러다 보니 어느새 목적지에 다다를 수 있었지.

가끔 그런 생각을 하곤 해. 인생도 비슷한 것이 아닐까 하고. 인생을 목적에 따라서만 살다 보면 쉽게 지치지. 게다가 목적이 이루어지지 않을 때는 인생 자체가 불행하다고 느낄 수도 있고. 하지만 생각해보면, 목적이 아니라 과정을 즐기면서 산다면 더 나은 인생이 되지 않겠나.

　물론 내가 가고자 하는 산이 제대로 된 산이어야 하겠지만, 때로는 산 정상만을 오르기 위해서 전력 질주하는 것보다는, 올라가면서 계곡물도 마시고 꽃도 보고 나무도 보면서 천천히 오르는 것이 인생을 더욱 풍요롭고 행복하게 사는 것인지도 모르겠네."

　선배님의 말씀을 들은 후로 나는 인생을 즐기기 위해서 노력했다. 아마도 그의 조언이 내가 신경외과 전공의 수련을 마치고, 다시 방사선종양학과 전공의를 수련할 수 있었던 힘이 되었을 것이다.

　가끔씩 그런 생각을 한다. 삶이라는 것이 어찌 보면 '죽기 위해 살아가는 인생'이 아닐까 하고 말이다. 혹자는 죽음 이후의 영생을 꿈꾸며 즐겁게 그날을 맞이할지도 모르겠지만, 대부분은 죽음에 대한 알 수 없는 공포와 두려움으로, 죽음을 애써 잊고 살아가려 한다. 하지만 죽음이 멀리 있지 않고 언제든 올 수 있다는 준비된 생각이 때로는 우리의 삶을 보다 풍요롭게 만들어줄 수 있다고 믿는다.

　오지 않은 미래(당장 죽을 수도 있는데 말이다)를 위해 현재를 포기하며 자신을 불행하게 하는 일을 하지 않았으면 좋겠다. 남에게, 심지어 가족에게까지 싫은 소리를 해가며 본인의 욕심을 채우지 않았으면 좋겠다. 다른 누군가를 위해 나 자신을 희생하지 않았으면 좋겠다. 살아 있는 동안 온전히 자신의 인생을 살았으면 좋겠고, 즐겼으면 좋겠다. 나 역시 그러려고 한다. 그리고 자그마한 욕심이 있다면, 내가 죽은 뒤 나를 기억해주는 누군가에게 예쁜 추억으로 남았으면 좋겠다.

죽음 공부

초판 1쇄 발행 2024년 12월 6일
초판 4쇄 발행 2025년 1월 17일

지은이 박광우
펴낸이 유정연

이사 김귀분
책임편집 유리슬아 **기획편집** 신성식 조현주 서옥수 황서연 정유진 **디자인** 안수진 기경란
마케팅 반지영 박중혁 하유정 **제작** 임정호 **경영지원** 박소영

펴낸곳 흐름출판(주) **출판등록** 제313-2003-199호(2003년 5월 28일)
주소 서울시 마포구 월드컵북로5길 48-9(서교동)
전화 (02)325-4944 **팩스** (02)325-4945 **이메일** book@hbooks.co.kr
홈페이지 http://www.hbooks.co.kr **블로그** blog.naver.com/nextwave7
출력·인쇄·제본 (주)상지사 **용지** 월드페이퍼(주) **후가공** (주)이지앤비(특허 제10-1081185호)

ISBN 978-89-6596-675-3 03810